生徒会の八方

碧陽学園生徒会議事録8

葵せきな

ファンタジア文庫

1671

口絵・本文イラスト　狗神煌

生徒会の八方

碧陽学園生徒会議事録 8

【楽園からの帰還《きかん》〜前編〜】

『おう、久しぶりだな、枯野恭一郎《かれのきょういちろう》。くくく、《楽園》での生活はどうだ？』

《楽園》における《管理棟《かんりとう》》にしか存在しないインターネットに接続された唯一《ゆいいつ》のパソコンのモニタ上にて。その女は、私にニヤニヤとした腹の立つ笑みを向けてきていた。

私は思わずそれを強く睨《にら》み返す。

「ふざけるなよ、真儀瑠《まぎる》。そもそも誰《だれ》のせいでこの私がこんな――」

『ほう、そういう態度なのか。ならばいい。折角の職場復帰チャンスだったが、枯野恭一郎……いや、枯野君は、《楽園》の生活が気に入ったようだと上層部に報告――』

「申し訳ありませんでした。お話を、お聞かせ下さい、真儀瑠……様」

慌《あわ》てて態度を翻《ひるがえ》す。いくら事情があるとはいえ……なぜ私がこんなっ！　屈辱《くつじょく》だ！　しかし、プライドを優先してみすみすこのチャンスを逃《のが》すわけにもいくまい。

私は歯を食いしばり、PC上部に設置されたカメラへと向かい頭を下げた。スピーカーから、何度聞いても頭に来る笑い声が漏《も》れる。

『はははは、いいねぇ、枯野君。《楽園》生活で随分《ずいぶん》と可愛くなったようじゃないか』

「そ……そうでしょうか」

ひくひくと口の端《はし》をつり上げ、どうにか、笑顔を作る。く、頑張《がんば》れ、負けるな、恭一郎！

『くく。性格もそうだが、外見も、スーツやアクセサリ、整髪《せいはつ》料なんかを全部取り去られると、意外と可愛い顔をしているんじゃないか』

「あ……ありがとうございます」

ひくひくひくひく！ ほ、頬《ほお》の筋肉が痙攣《けいれん》する！ 今すぐこのモニタに拳《こぶし》を叩《たた》き込んでやりたい！ しかし、我慢《がまん》するんだ、恭一郎！ ここさえ……ここさえ乗り切り、《楽園》を出てしまえばこちらのもの！ この女狐《めぎつね》に一泡吹《ひとあわふ》かせるのは、それからだ！

そう、これは滅多《めった》に無いチャンスだった。

社会から完全に隔離《かくり》された、このどことも知れぬ隔離島——《楽園》に閉じ込められて、約半年。どんなに努力しても友人へのメール一つさせて貰《もら》えなかった現状において……今日、唐突《とうとつ》にもたらされた、《企業《きぎょう》》の人間からの連絡《れんらく》。相手が真儀瑠ということだけがネックだが、それでも、外界と繋《つな》がっているこの瞬間《しゅんかん》、このチャンスを活《い》かさない手はない。

私はこの頼《たよ》りなく細い糸を切らないためにも、理性を振《ふ》り絞《しぼ》ってプライドを抑《おさ》え込む。

連想されたのは芥川龍之介《あくたがわりゅうのすけ》の『蜘蛛《くも》の糸』。しかし私は、カンダタのようなヘマはしない。

相変わらずニヤけた顔の真儀瑠が続ける。

『こうして考えると、やり方の汚《きたな》い《企業》にしては、その《楽園》という施設《しせつ》、システムは、中々に優秀《ゆうしゅう》なものなのかもしれないな。確か、数少ない、現社長直々のアイデア……だったか』

「そ……そう、です、ね」

思わず俯《うつむ》く。歯を、ギリギリギリギリとこすり合わせる。なにが……なにが優秀なものか！　こんな、自然だけが豊かな島の中、一面白色で満たされた、清潔すぎて逆に落ち着かない病棟《びょうとう》のような……いや、それ以上に何も無い施設で必要最低限の生活物資だけ支給され、ただただ「生きる」だけのこの状況《じょうきょう》の、何が優秀だというのか！

ここ三か月の私の一番の娯楽《ごらく》など「毎朝部屋の窓辺に来る小鳥に、パン屑《くず》を恵《めぐ》んでみる」だぞ。……末期にもほどがあるだろう！　私は……世界を股《また》に掛《か》け、勝ち組たる暮らしをして当然の能力と権利を持つハズのこの私は、こんな生活まっぴらだ！

『実際、前よりいい顔になったと思うぞ、枯野君』

「……こ、ここ、光栄です」

なわけあるかっ！　なにが良くなったものかっ！　良くなったことなど何も――あ、まあ、タバコやめたから、食事がちょっと美味《うま》くなったか。しかし、それ以外はホントになにも――いや、仕事のことを考えてイライラする時間が減ったか。しかししかし、それ以外はホントに得るものなど――いや、幼い頃田舎《ころいなか》の祖母と二人で暮らしていた時のことを思い出し――

『いやしかし、ホント、前とは別人のような顔つきだな。憑《つ》きものでもとれたか？』

「うるさい！　貴様如《ごと》き低俗《ていぞく》な野蛮《やばん》人に私の何がわか――」

『ほう、そういう態度か。ならいいんだ。じゃあな、枯野――』

「申し訳ありませんでした」

思いっきり、腰《こし》から折り曲げて、頭を下げる。……く、屈辱！

『ふふん。従順な部下は好きだぞ、私は』

「誰が貴様の部下か――いえ、なんなりとお申し付け下さいませ、真儀瑠様」

『おお……すっかり改心したようじゃないか。私は嬉《うれ》しいぞ、枯野』

「……そうですか」

……くくっ、誰が改心などするものか！　そもそも私は間違《まちが》ったことなど何一つしたことがない！　改心など、最初からする必要が無いのだ！　東大を首席で卒業し、《企業》にも多大な貢献《こうけん》をしてきたこの私を否定出来る者など、この世のどこに存在すると――

『最終確認だが、碧陽《へきよう》学園に関すること、反省しているか？』

「心の底から反省しております」

……存在するハズが、あっては、ならないのに！　クソ！　クソがっ！　クソったれがっ！　それもこれも、全てはあの忌々《いまいま》しい杉崎鍵《すぎさきけん》というガキのせい――

『よし、ならば仕事だ。枯野恭一郎。今から速《すみ》やかに生徒会副会長杉崎鍵と合流の後、卒業式に間に合うように碧陽学園までの道のりをサポートすること』

「はい、了解《りょうかい》しました――…………………………は？」

この女、今、何言った？　この……私が？　あのクソガキを？　サポート？　は？

『んじゃ、そういうことで。よろしくー』

「あ、ちょっと、待て、おい――」

ぶつん。モニタが切れる。

そして、直後、一秒も経《た》たないうちに。

《ブルンブルンブルンブルンブルンブルンブルン！》

「は？」

管理棟の窓から見える島外との連絡ヘリポートに、唐突にヘリが着陸。と同時に、脇《わき》に控《ひか》えていた管理棟職員により「では枯野様、こちらへ」と言葉だけ丁重《ていちょう》に、しかし実際は腕力《わんりょく》にものを言わせて引っ張られ、ヘリの方へとぐいぐいと連行されていく。

「……は？　や、だから、なに、ちょっと、私は、こんな——」

意味が、意味が、意味が、意味が、全然、あの、全く、その、え、なに——

「枯野様、こちらです」

「いで、いでででで、こら、引っ張るな！　この私を誰だと——と、どわっ！　貴様っ！　所属はどこだ！　名乗れ！　私をそんな乱暴に扱《あつか》って、覚悟《かくご》は出来て——にゃろーん」

《ガシャン》

ヘリの中に頭から突《つ》っ込《こ》まれ、情けない声をあげてしまったではないかっ！　激昂《げっこう》し、いよいよこの職員の処遇《しょぐう》をどうしてくれようかと考えている——間にも、あれよあれよという間に事態は認識の幅《はば》を超《こ》えて著《いちじる》しく進展。気付いた時には、ヘリのドアが完全に閉められていた。なんだ!?　なにが起こっている!?

「では、出発します」

ヘリの操縦者が何か言った。私は慌てて、それに返事をする。

「いや、待ってくれ！　私はまだ——」

「テイクオフ！」

「するなと言っている！　キミ！　運転手！　操縦者！　おい！　なにを私の許可なく発進——って、ぐわ！　お、おい！　ヘリとはこれほど速度出して大丈夫《だいじょうぶ》なものなのか——」

「ＨＥＹＨＥＹＨＥＹ！　血が滾《たぎ》ってきたぜぇえええええええええ！」

「なんなんだ貴様は！　私が職場を離《はな》れている間に《企業》は何を雇《やと》ってるんだ！」

もうなんやねん！　なんやねん！　どういうことやねん！　なんで東北出身のこの私が関西弁やねん！　わからん！　わて、もう、なんもわからん！　かんにんして！

「申《もう》し遅《おく》れました。操縦を務めます、エドワード・スミスと申します」

ヘリの操縦者がこちらを向いて笑顔で会釈《えしゃく》してきた。私はそれに噛《か》み付く！

「タイタニックを沈《しず》めた船長と同じ名前とは不吉《ふきつ》なっ！」

「流石《さすが》枯野様、ツッコミ能力も高性能ですね」

「ふふん、そうかね。……って、どうでもいいわっ！　いいから降ろせ！」

「いいえ、そればかりは、妊娠《にんしん》中の彼女と詳《くわ》しく相談しませんと……」

「そんな話はしてない！　私を降ろせと言っているのだ！　子供は産ませてやれ！　命を粗末《そまつ》にするな！　なにより男なら、いや、社会人なら行動に責任をとれ！」

「枯野様、真儀瑠様から聞いていたのと違《ちが》って……意外とお優《やさ》しいのですね」

「う、うるさい！　ああ、もう、こんなやりとりしている間にすっかり島が遠く……」

「フゥ――――――――！　この空はもう俺のものさぁああああ！　ヒャッハー！」

「せめてそのテンションだけはやめてくれないかね！」

「…………………」

　忠告と同時に、ヘリが唐突に急旋回《せんかい》、急降下、急上昇《きゅうじょうしょう》などのアグレッシブな飛行を始め――

「無言でアクロバティックなことするのもやめてくれんかねぇ！」

「ふぅ……枯野様は聞いてた通りワガママな人ですね。テンションだけは抑《おさ》えましたのに」

「じゃあいいや！　テンションそのままでいいから、安全運転で頼《たの》む！　本当に頼む！」

「ヒャッハ――――――――！　ブォオオオオオオン！」

「…………はぁ。まったく。《企業》は何を思ってこんなのを迎《むか》えによこし……。……？　というかキミ」

　あることに気付いて、操縦者に話しかける。彼は「はい？」と前を見たまま応じた。

「なにやら私はクソガキを迎えに行けとか言われたのだが……そもそも、私が迎えに行くまでもなく、キミが、このヘリで直接彼を迎えに行けばいいのではないかね？」

　言ってから、しまったと思った。そんなの気付いても言わなければいいではないか、私！　折角のこの《楽園》から出るチャンスを、自分からふいにするようなことを！　合理的でないことに気付くと指摘《してき》せずにはいられない自分の性格に肩《かた》を落とす。

しかし、操縦者はそんな私の逡巡《しゅんじゅん》を知ってか知らずか、実に陽気な様子で答えた。

「そうしたいのは山々なんですけどね。私はやはり《企業》に在籍《ざいせき》する《大人》ですので」

「うん？……ああ、なるほど、そういうことか。ならば私は適任だな」

「枯野様はやはり優秀な方ですね。頭の回転が速い」

「ふん、本当に優秀な人間なら、そもそもこんな質問もしていないだろうさ」

自分の頭が鈍《にぶ》っていることに愕然《がくぜん》とする。……考えれば当然のことじゃないか。碧陽学園の生徒に《企業》が直接干渉《かんしょう》するのは、原則タブーだ。特に現在は、あの忌々しいクソガキのせいで、少しの予断も許さない、以前よりも張《は》り詰《つ》めた状態。そんな状況で、企業が……いや、真儀瑠が生徒との接触《せっしょく》に動かせる手駒《てごま》は限られている。

現在、《企業》（学園で利益を得る存在）との関係性の薄《うす》い者。しかし、それでいて詳しく状況を把握《はあく》出来る者。更《さら》に、《企業》の力を上手く使える者。そんな条件に当てはまるのは、《企業》から現在ほぼ見放されている、私ぐらいしか、いない。

溜息《ためいき》をついて、窓からの景色を見る。視界を海と雲が高速で通り過ぎていた。高速で。

……すんごい、高速で。そして体にはいかんともしがたい重圧が――

「……う、ぐぐ、なんだ、おい、貴様、これ、ヘリって、こんな、Gがかかるものなハズ

「——」

「試作型超《ちょう》出力次世代加速エンジン《プロメテウス》……ON！」

「待て。貴様、このスピードで更になにをONにしたん——」

……そこから先は、気を失ったため全く覚えていない。覚えていなくて、良かったとも言える。

＊

気がついたら、私はなぜか旅館の前にいた。……とりあえず色々言いたいことはあるのだが。なによりまず、我が《企業》《きぎょう》が、私が職場を離れている間に大分方向性を見失っていることだけは、実感させて貰《もら》った。

あれか。真儀瑠のせいか。あんな操縦者雇ったり、妙《みょう》なヘリの開発をしていたり……い、一刻も早く、私が幹部に戻《もど》らなければ！《企業》が危ない！そして、ある意味世界が危ない！他人のことなど知ったことではないが、流石に世界を牛耳《ぎゅうじ》る組織がこんな方向性で動いていちゃまずいだろう！

とにかく。こうなってしまったからには仕方ない。頭を切《き》り換《か》えよう。

「…………よし」

少しだけ目を瞑《つぶ》り、そして、開いた時には、完全に落ち着きを取り戻す。……《楽園》で身につけた技能だ。あの忌々しい、本当に何もない島の生活のせいで、「心を鎮める」ということに関しては、妙に学んでしまった。……何も嬉しくはないが。

気付けば私は、《楽園》での入院患者《かんじゃ》のような格好ではなく、シャツにパンツというラフな格好になっていた。……あのイカれた操縦者に着せ替《き》《か》えられたのだろうか。なにか、妙な嫌悪感《けんおかん》があるが、まあ、島外であの服よりはマシか。

しかし、ここはどこだ。なんだ、この目の前のさびれた旅館は。さっさと潰《つぶ》してゴルフ場かリゾート施設《しせつ》にしてしまった方がいいのではないか？　風情《ふぜい》だの景観だの下らぬことに拘《こだわ》っている輩《やから》が、この日本には多すぎるな。…………。……ふむ、しかし、島の生活が長かったせいか、こうして改めて見ると、うむ、こういう旅館の空気も存外悪くはない

——こほん！　そんなことを考えている場合ではなかった！

確かあのクソガキ……杉崎鍵と合流しろだのなんだの言っていたが、なんの情報も物資もなしに——と、ポケットにケータイと、一枚のメモが入っていることに気がついた。メモを確認する。

《キミの権限は一時的に元の状態に戻しておいた。杉崎をよろしく頼む。真儀瑠》

「ふん、この私に権限を戻すとは、よっぽど余裕《よゆう》が無いようだな、真儀瑠」

とはいえ、ここで暴走してもまた《楽園》送りになるだけだ。今は指示に従っておいてやろう。しかし、その後は……くくくく！　あーっはっはっは！

「ねぇねぇ、おかーさん、なんかすっごくワルそうなカオしたおじちゃんがいるー！」

「ちょっと何処《どこ》行くの！　早くタクシー乗らないと間に合わないって——」

「わぁーい、ホンモノだぁー！　ホンモノの、アクのダイカンブサマだぁー！」

「こら、失礼でしょ！　もう、うちの子が、ホントすいませ——あらやだ、ホントに悪そうなイケメンさん。きっと本物の悪役俳優なのね」

「ねぇー！」

くくくくく……真儀瑠紗鳥《さとり》、そして私を陥《おとしい》れたガキ共、見ていろ！　貴様らを搾取《さくしゅ》し、搾取し、搾取しつくしてくれ——おっと、そこの子供、どうした。私をそんなキラキラした目で見て。そちらのマダムも、いい年してそんなに人をしげしげ見てはいけないぞ。まあこの私から滲《にじ》み出る高貴なオーラにアテられる気持ちは、分からんでもないがな！

フゥワァ——ハッハッハッハ！

「おじちゃん、サインちょーだい！」

「ん？　いいだろう、いいだろう、小僧《こぞう》よ。精進したまえ」

「あの、私もいつもテレビで見ています（多分）。大変なお仕事だと思いますが、頑張《がんば》って下さい！」

「なんの話か分かりませんが、ご声援《せいえん》痛み入る。貴女も善良な消費者でいてくれたまえ」

私に憧《あこが》れる素直《すなお》な子供にサインし、母親に愛想笑いをして見送った後、改めて周囲の状《じょう》況《きょう》を確認する。

旅館の名前にも冠《かん》された地名は、碧陽学園のある場所から大きく離れていた。卒業式当日にこんな場所に居るとは、あのガキ、一体何をしているのだ。

「しかし、あのガキ、散々友情だの愛情だの下らない思想を掲《かか》げた末に、結果、卒業式にも出られんのか……。くくっ、いい気味だ」

…………。

…………いや、言ってみたものの、思っていたほど、いい気分でもなかった。なんだこれは。まさかホンキで私が改心したとでも――いや、そうか。そういうことか。

「自分の学校生活のために私を追い出しておきながら……肝心《かんじん》の当人が、大事な人間の卒業式にさえ間に合わないとは、どういうことだ！」

なんか逆に腹が立ってきたぞ！　なんだこれは！　私をどこまでバカにすれば気が済むのだ、杉崎鍵！　ハーレムだのなんだのくっだらん……本当に下らん思想で私を追い出した上に、そのハーレムのメンバーが旅立つ瞬間《しゅんかん》にその場にいられんとは、何事だ！

そうだ。思い出したぞ。高校三年の夏。甲子園《こうしえん》優勝候補と目されていた、私が投手を務める前年度優勝校が、まさかの無名弱小校（友情だの熱血だの言っていた。実に下らん）相手に予選敗退。しかしその弱小校も次の試合でボロ負けしたあの夏と、同じ気分だ！

勝った者には、勝った者の責任というのがある。あの夏に私が学んだことだ。周囲はそれを勝手な理屈《りくつ》だと言った。でも私は、せめて私自身だけでも、そうあろうと思った。友情だの絆《きずな》だの時の運だの、そういった要素で勝利することに、なんの価値があると言うのだ。そんなの無責任だ。不誠実だ。真に実力ある者に対する……侮辱《ぶじょく》だ。

だから今までの人生、私はガムシャラに上《のぼ》り詰めてきた。そうやって、ここまで来た。遂《つい》には、世界を動かすほどの規模の仕事を担当するまでに上り詰めた。いや、これからだってまだまだ上にいくつもりだ。私が蹴落《けお》としてきた者は数多《あまた》いるが、そいつらは、今の私を見たら、誇《ほこ》らしい気分になるだろう。こういう私と闘《たたか》って負けたことは、彼らにとっての、誇りとなるだろう。

しかし、あのガキはなんだ。この私を下らんハーレムとやらのために蹴落とした人間が……結局、肝心の、仲間の卒業式に間に合わん、だと？　なんだそれは。

考えていたら、余計ムカムカして仕方なくなってきた。じゃあなんのために私は《楽園》になぞ飛ばされたのだ。ああ、考えれば考えるほど腹立たしい！　あのガキめ！

そんなことを考えていた折に。

「くっそー！　お前のせいでもうめっちゃやべぇじゃん！　これ、下手すると飛行機に間に合わねぇぞ！　つうか、もう、絡《から》みつくなぁー！」

「ええー、いいじゃん、私とケンは相思相愛だって、確認したんだし♪」

「うっさい！　今はお前のワガママより優先するものあんの！　昨日も言っただろ！」

「そんなこと言いつつ、無理矢理私を突《つ》き放《はな》さないあたりが、ケンだよねぇ。うりうり。私の胸、気持ちいいだろぉー」

「っ！　お、お前、いくらなんでも、朝っぱらから人前でそんな——」

目の前の旅館から、見覚えのない美少女とイチャついた、浮《う》かれた知り合いが出て来た。

っていうか杉崎鍵だった。

私を《楽園》に追いやった張本人。今もなお、私をムカムカさせている、張本人が。

ラブラブイチャイチャラブラブイチャイチャラブラブイチャイチャラブラブイチャイチャラブラブイチャイチャ、平和そうなまぬけ面《づら》で鼻の下を伸《の》ばして旅館から——

プツン。

「こぉおおおんの、クソガキャァアアアアアアアアアアアアアアアアア！」

「わぁ！　すいません！　ほら、怒《おこ》られた！　だから飛鳥離《あすかはな》れろって——え、ちょ、あんた枯野!?　なに!?　なんで!?　どういうこと!?」

「きぃいいいいいいいいいいさぁあああああああああまぁあああああああ！」

「な、なに!?　なんかキャラめっさ変わってない!?　なんで再会初《しょ》っぱなからめっちゃキレてんの!?　あ、いや、俺のしたこと考えれば分からないじゃないけど、それにしたってアンタ一体——」

「お前を……お前をサポートしにきたぞぉ、こんちくしょぉ————————！」

「ええええ!?　なに!?　アンタそのテンションで何言ってんの!?　はぁ!?」

「あなた……お迎《むか》えみたいね。私のことは気にせずに……いってらっしゃい」

「あ、飛鳥てめぇ！　理解ある妻みたいな演技しつつ逃《に》げんな！　おい！　厄介《やっかい》そうな空気感じた途端《とたん》、お前一気に距離《きょり》とったな——」

私はまだ美少女とごちゃごちゃやっているクソガキの腕《うで》を、思いっきり摑《つか》む！

「ほら、来い、クソガキ！　早く行くぞ！　さっさとしろ！　このままでは卒業式に間に合わんだろうが！　ホント相変わらず無能だな、貴様は！」

「えええええ⁉　なにこの異様なツンデレ！　ちょ——えぇぇえええええ？」

「ふぁいとっ、あ・な・た！」

「遠巻きに応援《おうえん》してんじゃねぇぞ、飛鳥！　そもそも誰《だれ》のせいでこんな——」

「そこ、イチャつくな！　腹立つ！　殺すぞ！」

「はい！　って、ええ⁉　なに⁉　嫉妬《しっと》⁉　枯野さん、嫉妬なの⁉　どこでフラグ立ったの⁉　って、ちょ、そんな強く腕を引っ張らないで……な……なんなんだこの状況ぉ————！」


　というわけで。

　実にスマートに杉崎鍵の回収を済ませた有能な私は、気持ちを切り替え、自分の職場復帰のためにも、このアホ男を卒業式に間に合わせるよう動き始めたのだった。

【第一話～駄弁《だべ》る生徒会・リターンズ～】


「王道があってこそ、邪道《じゃどう》も輝《かがや》くのよ！」

会長がいつものように小さな胸を張ってなにかの本の受け売りを偉《えら》そうに語っていた。

そして、続けざまに早速《さっそく》今回の趣旨《しゅし》説明。

「そんなわけで、今日は、普通《ふつう》に駄弁《だべ》りたいと、思います！」

「？　普通にですか？　あれ？　会議のテーマは？」

普段なら会長が勝手なテーマを掲げて、それに対して俺や知弦《ちづる》さん、椎名姉妹《しいなしまい》がやんやと反論しつつも、最終的にはまとまっていくという形式のはずだが。

全員が首を傾《かし》げていると、会長は着席しつつ、いつもより若干《じゃっかん》気の抜《ぬ》けた様子で答えてきた。

「特にないよー？」

「特に無いって……アカちゃん、なにがしたいの？」

知弦さんが訊《たず》ねる。対して、会長は「何がって……」とぽりぽり頬《ほお》を掻《か》いた。

「強《し》いて言うなら、トーク？」

「か、会長さんが最初に妙《みょう》なワガママ言い出さないなんて……どうしたんだ？」

深夏《みなつ》が失礼な、しかし皆《みんな》が思っていたことを切り出す。しかし会長は、それにも特に怒った様子もなく、ゆるっとした様子で答えてきた。

「んー、特に今やりたいことも無いんだもん。かといって雑務作業もだるいから、今日は、トークの日」

「トークの日って……それって結局、いつもの真冬《まふゆ》達では？」

真冬ちゃんのもっともな指摘《してき》に、会長は「そう！」と少しだけ力強く反応する。

「あえて今日のテーマを掲げるなら、それなんだよ！」

「はぁ」

全員がぽかんとする中、会長はいつもより数割力の抜けた様子で、知弦さんの持って来たお菓子《かし》を頬張りながら語る。

「最近の私達って、どうも、奇《き》をてらった活動をしすぎていたと思うのよ。特に小説になっている部分！」

「あー、まあ、確かに」

俺はそう答えながら、最近執筆《しっぴつ》していた部分を回想する。確かに、生徒会で駄弁っている様子は大分描《えが》いたからという理由で、結構その他の部分……外伝だったり、生徒会以外の要素のクローズアップだったり、あとは変わった活動した日のことを抜粋《ばっすい》して描く傾向《けいこう》にあった気がする。実際には俺達にだって「特に大したこともない日」ってのは結構あるわけで、そういう日のことはやっぱり小説にしづらいのもあって、割と意図的に省いてしまっていた部分はあるのだが……。

俺はそこでハッとして、会長の方を改めて見る。

「あ、つまり、原点回帰というか、初心を思い出すというか、改めて『普通の生徒会』をやろうという話なんですね？」

「うん、そういうことだよ！　言うなれば『駄弁る生徒会・リターンズ』だよ！」

まさかの、ここに来ての一巻第一話リメイクだった。

「だから今回は、ダッラダラして、とりとめもない話をして、それを小説にする！　そういう日！　いつもの生徒会！」

「なるほどねぇ」

深夏が納得した様子で背もたれに体重を預けるも、すぐに「けどよ」と疑問を口にする。

「それは……面白《おもしろ》いのか？」

「面白いとか、面白くないとかの問題じゃないんだよ！　元々小説でもリアルでも、生徒会のテーマは『日常』なの！　だから、変なことばっかりしていたら、駄目《だめ》なんだよ！　王道があるから、邪道があるんだよ！」

「うん……まあ、分からなくはねーけど。改めて『日常』をやれと言われると、なぁ」

確かに、それはそれでなんか難しい。日常って、意識してやらないからこそ、日常なのであって。特に今日みたいに喋《しゃべ》るテーマも提示されず、「いつものようにして」と言われると、こう逆にやりづらい。カメラを向けられて「自然な笑顔で」と注文された状況《じょうきょう》に似ている。

皆が少しギクシャクしているのを見て、会長が改めて「普通でいいんだよー」とタンタンと机を叩《たた》く。

「なんかお話すればいいんだよ」

「例えば、どういうことかしら」

知弦さんが訊ねる。会長は「んー」と人差し指を顎《あご》に当てて可愛らしく悩《なや》んだ後、彼女なりの『日常』を切り出してきた。

「恋《こい》の話とか、友情の話とか、絆の話とか、信頼《しんらい》の尊さについてとか」

「そんな日常過ごしてないわよ」

知弦さんが溜息《ためいき》をつく。うん……会長、普段俺達そんな話絶対してないッス。

「ええー？　女子高生が四人も集まっているんだよ？　なんか誰と誰が付き合っていると
か、誰が別れたらしいとか、美味《おい》しいスイーツの店の話とかしようよ」

「いや、あんたらそんな会話した経験一度も無いでしょう」

会長の漠然《ばくぜん》とした『女子高生の会話のイメージ』にツッコム。会長は少し憤慨《ふんがい》した様子
だった。

「そ、そんなことないよ。私はクラスじゃ、えーと、カレシの話とか、ブランドの話とか、
エステの話とかしているよ！」

「アカちゃん、お菓子の話五割、アニメキャラの話三割、野望の話二割じゃない……」

会長、一番の親友たる知弦さんにツッコまれてしまっていた。顔を紅《あか》くし「むむぅ」

と唸《うな》ったと思ったら、想像通りムキャーと爆発《ばくはつ》する会長。

「とにかく、普通に駄弁ったらいいんだよ！　ほら、喋る喋る！　トーク！　桜野《さくらの》くりむ
の、トークDE北◯道！」

「その限りなくローカルなネタも小説で使うんですか？……まあ、いいです。喋りますよ」

会長がご立腹なので、仕方なく俺が中心になってトークを始めることにする。

とりあえず、すぐ隣《となり》の深夏に声をかけることにした。

「深夏は最近、面白いことあったか？」

「うわ、最悪の話の振《ふ》り方だな。面白いことなんか、鍵《けん》の顔ぐらいしかねぇよ」

「なに今のサラッとした俺批判！　他に面白いことねぇのかよ！」

「鍵の愚行《ぐこう》」

「その路線禁止！」

「デュラ○ラ！」

「その路線は自主的に制限してくれませんかねぇ！」

「そう言われてもなぁ。面白いことなんて……」

「ほら、俺と毎日会えることが楽しいとか、そういう萌《も》える発言をお願い——」

「鍵と毎日触《ふ》れあえるのが、あたしの、幸せだ」

「ふっしぎー！　他の子が言ったら超《ちょう》萌えポイントなのに、深夏が言うと、暴力やイジメの匂《にお》いしか感じなーい！」

「違《ちが》いますよ。プロレスごっこですよ。じゃれてただけですよ。なあ、鍵」

「なにその陰湿《いんしつ》なイジメの気配！　誰への言い訳だ！　っつうか、お前の中の『面白いこと』はそんなことしかないのかっ！」

「そう言われてもなぁ……じゃあお前は最近面白いこと、あったのかよ」

「え、そうだなぁ……」

面白いこと……面白いこと……。

「ふ……俺にとっては、この、皆と過ごす変わらぬ日常こそが――」

「あ、ごめん、そういう気持ち悪い台詞《せりふ》、終盤《しゅうばん》までとっておいてくれ。締《し》めに使えるから」

「気持ち悪い言うなっ！　お前、俺の書いた生徒会読んで毎回そんな感想抱《いだ》いていたの!?　なんかもう俺書けねぇよ！　小説、書けねぇよ！　恥《は》ずかしいっ！」

「うっせえなぁ。ほら、そういういい子ちゃんぶった話じゃなくて、普通に、面白かったことねぇのかよ」

「そ、そう言われてもなぁ」

実際俺にとって一番面白いことなんて、こうしてハーレムメンバーと生徒会でわいわいやることだもんなぁ。他と言われても……。

「うーん、あ、今日の休み時間、階段の下から丁度深夏の下着が見えた時――」

《グシュ》

「…………」

大量の脂汗《あぶらあせ》を垂らしながら、静かに、お腹を押さえてうずくまる。……………深夏の動きを描写《びょうしゃ》する暇《ひま》さえなかったわ……。そして、なにか、普通《ふつう》の打撃《だげき》音ではない、少なくとも腹部からは鳴ってはいけない音を聞いた気がするんだが……。

「鍵、鍵、やっぱりあったわ、最近面白いこと」

「……なん……です……か」

「悪の抹殺《まっさつ》」

「……俺……死ぬん……です……か？」

深夏がニヤリと微笑《ほほえ》む。……ああ、ごめん、皆。俺はどうやらここまでの……ようだ。目が霞《かす》んでいく。

光に……蛍光灯《けいこうとう》に手を伸《の》ばす。何かに縋《すが》るように。しかし……俺の手は、力なく、机の上に落ちた。視界が、真の暗闇《くらやみ》に包まれた。

END

「いやいやいやいやいや、それ、全然日常じゃないから！　深夏、なにしているの！」

……会長のキンキンしたツッコミが生徒会室に響《ひび》き渡《わた》る。それに返すは、俺を殺しながら平然とした様子の武闘派《ぶとうは》少女。

「え？　なにって……悪の抹殺」

「抹殺しちゃ駄目だよ！　いつもの生徒会をやろうっていうテーマで、どうして語り部を殺《や》っちゃうのさっ！」

「ついカッとなってやりました」

「この状況、明日《あした》のミ〇ネ屋による糾弾《きゅうだん》は避《さ》けられない気がするっ！」

「あたしは悪くない。あいつは悪なんだ。あたしは、いつも耳元で囁《ささや》く善良な神様の命令に従って、社会から悪を排除《はいじょ》しただけなんだ。あたしこそ正義。あたしは悪くない」

「主張が総じて猟奇的《りょうき》すぎるよっ！　もう変な発言しないでっ！」

「……かーごーめ、かーごーめ。かーごのなーかのとーりーは……」

「急な童謡《どうよう》！　完全に天才猟奇殺人犯の貫禄《かんろく》だねっ！」

「思えば、あたしが最初に世間とのズレを感じたのは、三歳《さい》の頃《ころ》だった」

「いいよその長そうな背景語り！　っていうか、杉崎《すぎさき》本当に殺《や》っちゃったの⁉」

「少なくとも内臓という内臓はぐっちゃぐちゃにし尽《つ》くした」

「じゃあ死んでいるよ！　本格的に死んじゃっているよ！」

「こう、拳《こぶし》を超高速《ちょうこうそく》で振動《しんどう》させることにより、人体の内臓器官にだけ深刻なダメージをな……」

「いいよその技《わざ》の解説！　わ、わぁーん！　杉崎ぃーー！　地獄《じごく》に落ちても仕方ない人だったけど、そこまで惨《むご》い死に方は可哀想《かわいそう》だよぉーー！」

ゆっさゆっさ。俺の体が、何か小さい手によって揺《ゆ》らされている。

「あ、会長さん、あんまり揺らすな。内臓が混ざるぞ」

「どういう注意⁉」

「安心しろ。内臓をぐっちゃぐちゃにしたとは言ったが、殺したとは言ってねぇだろ？」

「いや言ったよ！　最初に、悪を抹殺したって、言ったよ！」

「……ああ、言ったな。じゃああれ取り消しで。発言ミス」

「小説にあるまじき撤回《てっかい》！」

「確かに内臓はぐっちゃぐちゃにしたが、死なない程度、そして、自然快復出来る程度さ」

「なにその異常な人間の壊《こわ》し方！　どれだけ暴力のエキスパートになったらそんな芸当が出来るようになるのよ！」

「あ、他の人間には出来ねーよ流石《さすが》に。毎日何十発と殴《なぐ》っている鍵相手だからこそ、出来る芸当さ」

「話を聞けば聞くほど、杉崎が可哀想すぎるよ！」

「まあ死ぬほど痛いっつうか……ぶっちゃけ死ぬより痛くて苦しいし、動けないし、でも意識だけは痛覚のみを鋭敏《えいびん》にしながら延々継続《けいぞく》しているっつう状況《じょうきょう》だけど……まあ、死んではいないよ」

「むしろ死なせてあげてぇー！　そんなら、むしろ楽にしてあげてぇー！」

「会長さん。人間、いくら苦しくても辛《つら》くても、生きていかなきゃ、いけないんだ」

「言ったのが加害者自身じゃなければ、心に響いていたでしょうねその言葉！」

「ま、しゃーない。じゃ、もう一発殴って内臓再配置して、鍵を起こすわ」

「また殴るんだ……」

「安心しろ。最初の一発より、三割増しで痛いだけさ！」

「痛み増すんだっ！」

　え、ちょ、待――

《ブシャァ！》

「ぐひゃぁ――――――――――――――――！」

　異様な叫《さけ》びを上げながら目を見開く！　深夏がニヤニヤ、会長がびくびく、真冬ちゃんと知弦さんが呆《あき》れた様子でこちらを見守っている光景が、そこにあった。

「ほら、生き返った」

「生き返る時のテンションじゃなかったよ今の！　完全に断末魔《だんまつま》だったよ！」

会長が抗議《こうぎ》してくれている。ちょっと涙目《なみだめ》だ。俺の形相とリアクションが、相当怖《こわ》かったらしい。……大丈夫《だいじょうぶ》、会長、俺の方がもっと怖かったから。腹がなんかごろごろするし。

深夏が、生き返った俺の肩《かた》にぽんと手を置いてくる。

「……反省しろよ？」

『お前もなっ！』

俺と会長のツッコミが重なり、とりあえず、この少なくとも日常では絶対ないやりとりは終了《しゅうりょう》した。

＊

「真冬ちゃん、なんか駄弁《だべ》ろうか」

死の淵《ふち》から帰還《きかん》し、加害者の目を見ないようにしながら、その妹に話しかける。

彼女は読んでいた本をパタンと閉じ、「いいですよ」と微笑んできた。真冬ちゃん……一見天使のような微笑みだけど、実際の所、俺と深夏の超《ちょう》バイオレンスイベントを読書で普通にスルーしていたんだよね……キミ。まあ、いいけどさ……。

「お姉ちゃんと違って、真冬は、先輩《せんぱい》と結構トークできると思います」

「確かにそうだね。割とゲームの話やアニメの話で共通認識多いもんね」

「はいです。ちなみに最近真冬がハマっているゲームは、モ○ハンにテイ○ズにオブリビ○ンにコールオブ○ューティにポケ○ンにグラ○フに風来のシ○ンに牧場○語に――」

「うん、キミはこの会話で一体何個伏《ふ》せ字《じ》を使うつもりかね。逆に話しづらいわ」

「いいじゃないですか、別に。ゲームトークしましょうよ」

「ごめん、全然ついていける自信が無い」

「大丈夫です。真冬はとても広く知っているので、先輩のやってるゲームでいいですよ」

「あそう？　じゃあ、そうだなぁ。バ○ドシリーズのゲームシステムや世界観の完成度についてとか、オー○スト作品の王道魅力《みりょく》についてでもいいし、絵師の橋本タ○シさんの魅力について語ったり、あと丸戸○明シナリオの素晴《すば》らしさに迫《せま》る一時間でも――」

「ごめんなさい、全然ついていける自信が無いです」

普通にエロゲ話題を拒否《きょひ》られてしまった。周囲から「どっちもどっちだ」みたいな、なんか見下した視線を感じる。

俺と真冬ちゃんは、お互《たが》い目を見合わせた。そして、同時に語り出す。

「じゃあじゃあ、ドラ○エやファイナル○ァンタジーやマ○オのバグすれすれマル秘裏技についてでも――」

「超メジャーどころで、奈須き○こ作品やK○Y作品、いやこの際、美少女ゲーじゃないけど竜騎士《りゅうきし》〇7作品についてでも――」

「…………」

「……もうちょっと、お互い、譲歩《じょうほ》しましょうか先輩」

「そうだね……」

オタク同士の会話は、一般《いっぱん》のそれよりもう少し気を遣《つか》わなきゃいけないらしかった。

俺はとりあえずエロゲ話題を諦《あきら》め、普通に駄弁ることにした。

「しかし真冬ちゃん、よくそんなにゲームが出来るね。エロゲもプレイ時間長いけど、一応、コンシューマーのゲームより注目所の本数は少ないから、まだついていけているけどさ」

「まあ、真冬はゲームにおいては神ですからね。効率よく進めていけるのです」

「自ら神を名乗る人に、ロクな人間はいないと思うけど……」

「そんなことないです。真冬の超テク&ゲームへの妄念《もうねん》をもってすれば、実際には一時間のプレイなのに、セーブ画面では《プレイタイム・三時間》と表示されていることさえ、ザラにありますからね」

「どういう魔法《まほう》!? その能力はもう人知を超《こ》えているよ！」

「だから言ったじゃないですか、真冬はゲームにおいては、神なのです」

「確かに神様を名乗ってもいいレベルだっ！」

お、恐《おそ》ろしい。椎名姉妹《しまい》は、どちらも別々の意味で常識を逸脱《いつだつ》しているのかもしれない。

真冬ちゃんは「先輩こそ」と話を振《ふ》ってくる。

「雑務やバイトで帰宅時間遅《おそ》い上に体力も使い切っているハズなのに、よくそこからエロゲをやろうと思えますね」

「真冬ちゃん。男ってのはね、疲《つか》れている時こそ、性欲《せいよく》が増すんだよ」

「なんですかそのセクハラトリビア。最悪です」

「俺ぐらいになると、酷《ひど》い時は眠《ねむ》りながらエロゲやってるからね」

「それは……ゲームをちゃんと楽しめてないのでは？」

「いや、むしろ五割増しで楽しめているよ。俺ぐらいになると、音声情報だけ夢の中に取り入れて、その上で、事前に脳内にインストールしておいた『立ち絵グラフィック』や『背景グラフィック』を3Ｄ展開、まるで自分が主人公のような臨場感で、エロゲを脳内再生しているからね」

「なんですかその最低の脳内アイ○ックスシアター」

「ちなみにエロい部分の臨場感は異常。ただし、実経験が無いので、悲しいかな『エロい！』という気持ちだけが先行して、終始モヤがかかっているし、感触《かんしょく》とかも、思いっきり空想だけどね！」

「先輩《せんぱい》、この会話は、世に言う『パワハラ』というものに該当《がいとう》するのではないでしょうか」

「ちなみに、後輩キャラとかのエロシーンでは、アイコラよろしく、顔グラフィックが真冬ちゃんに入《い》れ替《か》わることもしばしば――」

「お姉ちゃん、お願いします」

「ＯＫ」

正直描写《びょうしゃ》したくもないので二言だけでいうと、内臓ぐっちゃぐちゃ。五分後蘇生《そせい》。

「さ、さて、真冬ちゃん、トークの続きを……」

「そんな脂汗《あぶらあせ》ダラダラ垂らしたド変態さんと何をトークしろと言うのですか」

「み、水に流してよ。実質、俺、二回死刑《しけい》にされているようなもんだからね？　死ぬ以上の苦しみをこの短時間に二回喰《く》らったら、大概《たいがい》の罪は赦《ゆる》されていいんじゃないかな……」

「……まあ、いいです。ゲーム話題はお互いディープすぎるのでやめて、ＢＬネタも……まあ自粛《じしゅく》してあげるとして、じゃあ、アニメ話題あたりで手を打ちますか」

「そうだね。お互い、アニメに関しては、そこまで知識がディープじゃないもんね」

「最近真冬のハマったアニメは――。……あ……。……『生徒会の一存』です」

「そこ気遣《きつか》いだしたら気軽な雑談も出来ないよ！」

こんなに色々社会とのしがらみがある高校生は、そうそういないんじゃないかと思いました。

「じゃあ、気を遣わず、『聖剣《せいけん》○刀鍛冶《ブラックスミス》』で」

「うん、そこは若干《じゃっかん》気を遣おうか。……とはいえ、俺もそんなにアニメ見てないなぁ。精々、ラブコメ系深夜アニメとか、T○S系列のアニメとかぐらいで」

「真冬もそんなところですよ。BL系とかは、地上波だとそんなに本数無いですしね……」

そう言ってから、真冬ちゃんは「強《し》いてあげるなら……」と切り出す。

「今一番面白《おもしろ》いアニメは、真冬の自作パラパラ漫画《まんが》ですかね」

「今キミはアニメのクリエイターをごそっと敵に回した気がする」

「そんなことないです。見れば分かります。とてもクオリティ高いんですよ、真冬のパラパラ漫画。感動のストーリー、圧倒的《あっとうてき》な映像美、大迫力《はくりょく》のサウンド」

「ストーリー以外の項目《こうもく》は見るまでもなく絶対嘘《うそ》だろう！　サウンドなんて、パラパラ漫画のどこから出るんだよ！」

「真冬の口からです」

「確かにある意味大迫力のサウンドだ！　直接聞かされるなんてっ！」

「ドルビー○ジタルサラウンド対応です」

「真冬ちゃんの口、高性能すぎるだろう！」

「では、折角なので、ここで先輩に見ていただきましょう」

「お、ちょっと興味あるぞ。どれどれ」

俺は立ち上がって彼女の席に近づき、覗《のぞ》き込む。真冬ちゃんは教科書を取り出し、パラパラと捲《めく》り始めた。

「では上映開始です」

「おー（ぱちぱちぱちぱち）」


「ウィンターサーガ　第三章、《国語の教科書》編　～ヒロインの突然死《とつぜんし》～」


「待てぇい」

「？　どうしました先輩。上映中のおしゃべりはお控《ひか》え下さい」

「控えたいのは山々なんだけどね。…………。うん、どうしよう、真冬ちゃん。俺の中にツッコミの大渋滞《じゅうたい》が起きていて、何から言っていいのか全く分からないや！」

「では再開しますね」

「やめて。もう渋滞したまま俺や読者さんの気持ちをゴロッと吐露《とろ》させて貰《もら》うと、そもそもウィンターサーガってなんなのとか、急に第三章から始めないでくれとか、国語の教科書とか言わなくていいだろとか、そしてサブタイトルで内容完全ネタバレとは一体どういう了見《りょうけん》なのかとか……とにかく、まあ驚《おどろ》く程《ほど》気持ちの整理がつかないんで、上映は一旦《いったん》中止にしてくれませんでしょうか」

「ええー、全米ナンバー1大ヒットの実績もあるんですが……」

「そんな全然アテにならない煽《あお》りでは、もう俺はこのパラパラ漫画を見る気が起きないよ」

「ではこっそり内容ネタバレしちゃうと、なんと今回……ヒロインが死んじゃうのです！」

「うん、知ってる」

「驚きの展開、目白押しなのですよ」

「確かにタイトルからして驚きの連続ではあったよ」

「四章では、なんとヒロインが生き返ります」

「言わなくていいよ！　聞けば聞くほど物語への興味が薄《うす》れるよ！　っていうか、パラパラ漫画のクセに章仕立てって、大作すぎるだろう！」

「とにかく見てください。真冬の中では、ア○ターを軽く凌駕《りょうが》しています」

「そんだけ迫力あるパラパラ漫画書く才能あるなら、教科書に書くだけに留《とど》まるなよ！

もっと上を目指せよっ！」

「ブロロロロォン。軽トラックが排気《はいき》ガスを景気よく振りまく音が街にこだまする。早朝。日が昇《のぼ》り始めたアイスタウンはにわかに活気を帯び始め――」

「上映するなっ！　そして、パラパラ漫画レベルじゃない描写の丁寧《ていねい》さ！　だるい！　正直、だるいよ！　もっと本編から始めてよ！　その、軽トラや朝靄《あさもや》に包まれた街の描写、見ていて退屈《たいくつ》すぎるよ！」

「むぅ。そんなに文句つけられると、もう、真冬もテンション下がりました。いいですいいですよ。先輩《せんぱい》に見て貰わなくても、ニ〇ニコ動画で100万人がマイリス登録してくれているので、いいのですよーだ」

「相変わらず偏《かたよ》った才能っ！」

真冬ちゃんが教科書を閉じてしまったので、俺は自分の席に戻《もど》る。すると、会長が笑顔で声をかけてきた。

「いいよいいよ、杉崎！」

「？　何がですか？」

「今の真冬ちゃんとのトークよ！　毒にも薬にもならないあの無駄《むだ》さ加減、いいね！」

「……うん、なんででしょう。褒《ほ》められているハズなのに、全然嬉《うれ》しくないです」

「その調子で、どんどん駄弁《だべ》ってよ！」

「はぁ……本当、今日のテーマはよく分かりませんね……」

普段《ふだん》から無駄話ばかりの俺達だが、こうして改めて駄弁れと指示されると、今度は逆に駄弁りたくなくなるから不思議だ。反抗期《はんこうき》だろうか。

仕方ないので、今日はまだあんまり喋《しゃべ》っていない知弦さんに声をかける。

「知弦さん、なんか話題無いですか？」

俺の振りに、知弦さんは耳にかかった髪《かみ》を指で梳《す》きつつ、「そうねぇ」と呟《つぶや》く。

「あまりに話題無いから……生徒会らしく、漫才《まんざい》やコントでもしましょうか」

「それが『らしい』俺達って、なんなんでしょう……」

「コント『美容室』」

「勝手に始まった！」

「じゃ、キー君、髪切りに行ってらっしゃい」

「はーい、行ってきまーす。………………。……ってどういう配役⁉　知弦さんの立場、何⁉」

「え？　私は、面倒《めんどう》だから本人役で友情出演よ」

「友情出演なんだ！　主演じゃないんだ！　じゃあ俺一人コントですか！」

「目指せ、R―1」

「イヤですよ！　っていうかそもそも駄弁るっつう前提ですし、何より貴女がやり出したコントでしょう！　もうちょっと絡《から》んで下さい！　俺、客やるんで！　知弦さん、せめて美容師を！」

「了解《りょうかい》よ。じゃあ再開。コント『一人鍋《なべ》』」

「ストォーップ！　今テーマ変えましたよねぇ!?　配役の意味なくなりましたよねぇ!?」

「からんころんからん。またのご利用、お待ちしておりまーす」

「どうもー。さぁて、頭もすっきりしたし、帰って一人鍋でも……って、美容師出演時間短っ！」

「でもギャラは折半」

「最低ですねっ！　っていうか怠《なま》けないで下さいっ！　お願いだから、一緒《いっしょ》にコントやってぇー」

「そんな、泣きながら哀願《あいがん》しなくても……。キー君、いつからそんなにコントやりたい人になったのよ。気持ち悪い」

「貴女のせいでしょう！　ほら、やりますよ！　テーマ変えてもいいんで、せめて、ちゃんと登場人物二人出てくる設定にして下さい！」

「分かったわ。じゃあいくわよ」

「はい」

「コント『事故とは言え人を殺してしまった本来善良な青年と、彼を絶対赦《ゆる》さないと悲しみ、絶望の淵《ふち》に立たされている被害者《ひがいしゃ》遺族の、やりとり』」

「重ぉおおおおおおおおおおおおおおおおおおおおおおおおおおい！」

「この人でなし！　鬼《おに》！　悪魔《あくま》ぁ！　うわぁぁぁぁ！　返して！　あの人を、返してよぉおおおおおおお！」

「も、申し訳……って、いや無理ですって！　こんなさだ○さし的設定から笑いに持っていくのは、絶対無理ですって！」

「無理に笑いに持っていかなくてもいいんじゃない？　こう、社会への問題提起みたいなテイストで……」

「生徒会の一存、どうしちゃったんですかっ！　読者びっくりですよ！　登場人物二人ならなんでもいいと思うなっ！　もっと、普通《ふつう》に、笑えるコントにして下さい！」

「じゃあ、コント『大爆笑《だいばくしょう》必至の傑作《けっさく》コント』」

「ハードル高ぇえええええええ！　素人《しろうと》の高校生には荷が重すぎる！　いやそこまでじゃ

なくていいですから！」

「コント『生徒会書記と副会長』」

「コントぐらい他の職業設定でやりましょうよ！　まあある意味この生徒会自体コントみたいなもんですけどっ！」

「コント『和紙職人の汗《あせ》を拭《ふ》くタオルを作る工場の機械の歯車を磨《みが》く人』」

「専門的すぎるっ！　全く何喋っていいか分からないんで、もっと分かりやすい設定で！」

「コント『人』」

「緩《ゆる》――――い！　なんですかそのある意味究極のコントテーマ！　分かりやすすぎても駄目です！　もうちょっと縛《しば》って下さい！」

「コント『チャーシュー』」

「そういう意味で縛って欲しいんじゃない！　っていうかどういうコント!?　俺達何役!?　とにかく……もっと普通でっ！　最初の、美容師とかコンビニとか、そういうのでいいんですよ！」

「コント『漫才コンビ』」

「もう漫才じゃないですかっ！　いや漫才でもいいですけどっ！」

「ふぅ……疲《つか》れたから、漫才『コントしたい副会長と、ボケる書記』終了《しゅうりょう》ね」

「これ漫才だったんかい！　もうええわ」

二人でお辞儀《じぎ》ぺこり。生徒会メンバーから拍手《はくしゅ》を貰う。そうして俺と知弦さんは舞台袖《ぶたいそで》へとはけて——

「それ全然日常の駄弁りじゃないよねぇ!?」

会長にツッコマれてしまった。知弦さんと顔を見合わせ、チッと舌打ちをする。勢いで、なんとなく走り切れた感があったのだが……駄目だったか。

とりあえず席に戻ると、会長がとても憤慨《ふんがい》なさっていた。

「知弦と杉崎の呼吸が抜群《ばつぐん》なのは伝わってきたけど、そういうことじゃないの！　私は今回、普通に駄弁ってほしいの！」

「いや、そう言われましても……ねぇ？」

「そうよ……ねぇ？」

知弦さんとアイコンタクトをかわす。会長は、更《さら》にイライラしていた。

「二人が視線で意思疎通《いしそつう》を図りながら漫才出来るぐらい相性良いのは分かるけど、そういうことじゃないの！　普通にダラダラ喋って！」

「うぅ、なんて簡単そうで難しい要望なのかしら……」

知弦さんが呻《うめ》く。そうなんだよなぁ……俺も知弦さんも、基本頭でごちゃごちゃ考えるタイプなんで、この二人で何も目標無く喋れと言われると、どうにもなぁ。

しかし会長がぷりぷりしているので、仕方なく、もう一度知弦さんとトークを試みてみる。

「知弦さん……ええと、その、休日の過ごし方はどのように?」

「お、主に、生徒会には見せられない闇《やみ》の方面の仕事をこなしております」

「そ、そうですか。それは大変有意義な過ごし方で」

「キー君は……なにをして?」

「専《もっぱ》ら、エロゲとバイトですね」

「まあ。うふふふふふ」

「あはははははは」


「不自然すぎるわよっ! お見合いじゃないんだからっ!」

再び会長に怒《おこ》られてしまった。深夏が横からボソッと、「お見合いにしては最低の会話内容だったけどな……」と余計なことを呟く。

俺と知弦さんは、言い訳を試みた。

「だって……注目されてる中、改めて、意味の無いこと喋れと言われましても……」

「そうよアカちゃん。これだけ毎日一緒に居て喋っていたら、もう、テーマも無しに喋ることなんて、そんなに多くないわよ……」

「近況報告《きんきょうほうこく》とか、すればいいじゃない」

そう言われて、俺と知弦さんは目を見合わせ、会話を交《か》わす。

「知弦さん、最近何かありました？　俺は特にないです」

「私も特にないわ」

そうして二人、会長の方を見て、一緒に返す。

『終了です』

「どんだけ喋ること無いのよ貴方達っ！　その倦怠《けんたい》感、最早《もはや》本気でベテランお笑いコンビのそれね！」

確かに、「今更《いまさら》相方と一緒にメシ食うとか、ないわ〜」みたいなノリにはなりつつあったかもしれない。うん……会長と立場は違《ちが》うが、これはまずいかもしれないな。男女の関係的に。

俺は状況《じょうきょう》を打開するためにも提案してみる。

「じゃあ、会長もまじえて三人でトークしましょうよ。言わば3Pです」

「なんでキー君がわざわざ最低の言い直しをしたのかはさておき、それは名案ね。アカちゃんも加わって三人になれば、もうちょっと話題も広がりそうだわ」

「うーん、そういうことなら……。私は見守るつもりだったけど、仕方ないね！　いいよ！　私の、トーク力を見せつけてあげる！」

というわけで、会長を挟《はさ》んで三人で会話を始める。まずは知弦さんが動いた。

「アカちゃん、こっちのお菓子《かし》も食べる？　チョコレート味で美味《おい》しいわよ」

「うん、食べるっ。……はむ。美味しー」

「あ、会長、手汚《よご》れますよ。ほら、ウェットティッシュ」

「わーい、ありがとう、杉崎っ！　ふきふき」

「あらあらアカちゃん、お口の横にチョコつけちゃって」

「うん？　どこ？　ここ？」

「ううん、そこじゃなく……しょうがないわねぇ。ふきふきっと」

「うにゅ……ありがとう、知弦！」

「知弦さんは、意外といいお母さんになりそうですよね……」

「な、なに言っているのよ、キー君たら、もう」

『あはははははははは』

「なんですかこの温かい疑似家族《ぎじ》！　それこそ日常の駄弁《だべ》りじゃないですっ！」

なぜか真冬ちゃんに怒られてしまった。深夏も少しイライラ気味だ。な、なんだよぅ。

「あら、今回は割とスムーズに駄弁りが行われていたと思うけど」

「そうだよっ！　私が加わったことにより、実に優秀《ゆうしゅう》な無駄話《むだばなし》が展開されていたと言って、過言じゃないと思うよっ！」

「うん、真冬ちゃん、何を怒っているんだい？」

本気で意味が分からず首を傾《かし》げる。真冬ちゃんは、少し照れた様子で顔を背《そむ》けながら、呟《つぶや》いてきた。

「だ、だって、先輩《せんぱい》達ときたら、いいお父さんとお母さんと可愛い娘《むすめ》さんみたいで、なんかこう、真冬達的に疎外《そがい》感が……ぶつぶつ」

「なに？　よく聞こえない」

「と、とにかくですっ！　そうやって喋《しゃべ》るなら、皆《みんな》で喋りたいです！　真冬達も、混ぜて下さいっ！」

「そ、そうだぜ、あたし達も入れろよ！　五人で喋ってこそ生徒会だろ⁉」

なんだかよく分からんが、椎名姉妹も喋りたかったらしい。う、うーん、当初は皆、この企画《きかく》にそんなに乗り気じゃなかったハズなのに……。

「お、おう？」

二人の希望に、会長が「よぉし！」と立ち上がる！

「今日は、駄弁るよ――――！」

『おぉ――――！』

全員、妙《みょう》にエンジンがかかってしまい、駄弁りに気合いを入れる。

結局その日は、本当に何の会議テーマも無いというのに、いつもよりかなり遅《おそ》くまで全員でただただ無駄に駄弁り合った。

本当に、本当に意味の無いことを、ダラダラと、駄弁った。

それでも皆、最後まで帰りたがらなかった。そして、会長がこんなことを言い出した『本当の理由』に皆気付きながらも、誰《だれ》も、それをわざわざ口にすることも、無かった。

私立碧陽学園生徒会。

そこでつまらない人間達が楽しい会話を繰《く》り広《ひろ》げていられる時間は――

もう、あまり残されていない。

【第二話〜本音の生徒会〜】

「お互《たが》いに本音をぶつけあわないと、真の友情は得られないのよ！（私、今日もキマってるわ！）」

会長がいつものように小さな胸を張ってなにかの本の受け売りを偉《えら》そうに語っていた。

それに対し、俺は即座《そくざ》に応じる。

「会長を、抱《だ》きたいです！（むっふぅー！）」

「そ、そういうことじゃないんだよっ！（まったく、杉崎《すぎさき》はいっつもこうなんだから……）」

「でもアカちゃん、実際、私達は既《すで》に充分《じゅうぶん》本音をぶつけ合っていると思うけど……（相変わらず話がすぐ横に逸《そ》れる子達ね……全く）」

俺達のやりとりをかわし、知弦《ちづる》さんがサラリと会議を進行させる。会長はこほんと咳払《せきばら》いの後、今までの経験から学んだのか、珍《めずら》しく早めに具体的なことを告げてきた。

「ううん、確かに皆好き勝手なこと言っているけど、それはどこかで、まだ『本音』のレベルじゃないんだよ！　私はそれに気付いちゃったんだよ！　『生徒会の一存』を読んだことでね！（途中《とちゅう》で寝《ね》ちゃったから、一話だけだけど）」

どうやら、今回会長が影響《えいきょう》された本は、なんと俺達の本だったようだ。会長がちゃんとライトノベルを読めるぐらいの学力はあったことに若干安堵《じゃっかんあんど》していると、『本音』というキーワードが気に掛《か》かったのか、隣《となり》の席の深夏《みなつ》が少し食いついた様子で「それで」と話を進めてくる。

「本音で熱く語るのには大賛成なんだけどさ……（熱血と言えば本音のぶつかりあいだからなっ！）」

「どうしたの、深夏？（話の腰《こし》折らないでほしいなぁ。私は大人だから、構ってあげるけどっ！）」

「いや、それが『生徒会の一存』とどう結びつくのかなと……（自分で言うのもなんだけど、アレ、熱い要素なんて微塵《みじん》も無いライトノベルだろ）」

「ふふふ、そこが、私の着眼点の凄《すご》いところだよ！（褒《ほ》め称《たた》えよ、我を！）」

「というと？（態度がうざいから話進めよっと）」

「ふふふ、私、あれを読んでいて気付いちゃったんだよ……（なによ、深夏、ちょっとぐらい褒めてくれてもいいじゃない）」

「だから、何にだよ（褒めて欲しいんだろうなぁ、この人。無視一択《いったく》だけど）」

「杉崎の気持ちばっかり書いてあって、ずるいっていうことにだよ！（いいよいいよ！もう、本題言っちゃうもん！）」

『えぇー（えぇー）』

会長の超今更《ちょういまさら》発言に、全員がドン引く。心から、ドン引く。

今まで黙《だま》っていた真冬《まふゆ》ちゃんが、流石《さすが》に耐《た》えきれなくなったように、ツッコンだ。

「そんなの先輩の一人称《いちにんしょう》なんですから、当然じゃないですか……（あぁ、帰って早くリメイク版ドラ○エ6の続きがしたいです）」

「ふふふ、その当然のことに今着目するというのが、私の、凄いところ！（これには流石に皆、私を敬うしかないでしょう！）」

「確かに、ある意味凄いですが……（今日はハッ○ンとミ○ーユの職業熟練度を上げて、上位職業に転職させたいところです）」

「そうでしょう、凄いでしょう！（その眼差《まなざ》し、いいわ！　満足！）」

会長は何かに満足したかのように強く息を吐《は》き、胸を張ると、ようやくきちんとした説明を始めた。

『『生徒会の一存』は、杉崎の心の中をずっと書いているから、本当はこんなに邪悪《じゃあく》な存在なのに、つい、読者さんは杉崎の肩《かた》を持ちたくなっちゃうのよ！（私も、不覚にもちょっと杉崎を見直してしまったんだよ。言わないけど）」

「それはそうかもしれないわね、アカちゃん（あら、意外と大人な着眼点ね）」

「邪悪って……（しょぼーん）」

俺はそんな風に見られているのか？　だとしたら、落ち込む。しかしそんな俺の気持ちに構う様子もなく、会長は続けた。

「だから、杉崎はずるいんだよ！　本音を見せている人は、無条件に、応援《おうえん》されちゃう罠《わな》なんだよ！（私ももっと人気欲《ほ》しい！　読者さんに受けたい！）」

「ずるいって言われても……じゃあ、会長の一人称にします？（っていうかそれは小説になるのか？　無理だろ……恐《おそ》らく状況説明が、ぐっだぐだだろう……）」

「ううん、それはいいよ！　前も言ったけど、語り部は、杉崎が適任だからね！（小説書くなんて、面倒《めんどう》でやってられないよ。ここは杉崎おだてて、押し付けないと）」

「ありがとうございます。でも、だったらどうしろと……（うむうむ、やはり主人公は俺にしか務まらないよな。このハーレム王たる俺こそが、全てを平等に見られる唯一《ゆいいつ》にして至高の語り部――）」

「台詞《せりふ》に、本音を、付け足してみるんだよ！（どう、この私の斬新《ざんしん》な発想！）」

会長がなんだか自信満々な様子で、宣言してきた。俺達は正直全然意味が分からず、ぽかーんとしてしまう。

代表して、深夏が疑問を投げかけてくれた。

「台詞に本音を？　ええと、だから、結局本音で語り合おうってことだろう？（どうしてそれだけの話が、ここまでややこしくなるんだ……）」

「違《ちが》うの！　本音を、追加するの！（察しが悪いなぁ！）」

「？　ええと……（日本語でＯＫ）」

「だから、本音を、追加するんだよっ！（まったく、深夏は駄目《だめ》な子ね！）」

「…………（……誰か……）」

会長の意味不明発言に、深夏が涙目《なみだめ》だった。助けを求めるように周囲をキョロキョロしている。

流石に見かねた知弦さんが、助け船を出してくれた。

「アカちゃん。もうちょっと、分かりやすく説明してくれないかしら？　それは、普通《ふつう》に本音で語りあうのと、何が違うの？（考え足らず、言葉足らず、舌足らず。三拍子揃《さんぴょうしそろ》った子の台詞翻訳《ほんやく》って、ある意味最高の謎《なぞ》解き作業よね。飽《あ》きないわぁ。だからアカちゃん好きよ。時々本当に面倒だけど）」

「ちょっと違うんだよ！　杉崎の一人称読んでいて、思ったの！　喋っていることも勿論《もちろん》本音だけど、やっぱり、本音の本音は、心の中にあるんだよ！（なんか私今、詩的なこと言ったわ！　やっぱり出来る女って、違うわよね）」

「ええと、つまり、表だって口に出すことではない部分までも、フォローして描《えが》いてほしいということなのかしら（本音の本音は心の中って……一見詩的なようで、実にそのままの言葉ね。アカちゃんらしいけど）」

「そうなの！　こうやって会話していても、勿論私は本音で喋っているけど、喋りながら思っていることも、あるじゃない！　そこも、小説に入れてみるのよ！（はぅ、ちょっとお腹空いた。どーなつが食べたいなぁ）」

「ああ、なるほど。つまり、主人公の一人称に倣《なら》って、他の登場人物にも、台詞と同時に気持ちを描いてみて欲しいと、そういうことね（これはまずいわ。私の思考も描くとなると、数々の明かせば世間がひっくり返る裏情報まで……こほん。思考整理よ、知弦。……………。……うふ♪　私、紅葉《あかば》知弦♪　今日もお日様が眩《まぶ》しくて、とっても清々《すがすが》しい気分よ♪………。………。……なんかすいませんでした)」

「ん？　どうしたの？　知弦。黙り込んじゃって（なんか落ち込んでいるみたい。心配だなぁ)」

「いえ、なんでもないわ、アカちゃん（……はぁ)」

「そ、そう、ならいいけど（そんなことより、どーなつが食べたいよぉ)」

二人のやりとりが終わり、俺達は、なんとかようやく、事態を把握《はあく》する。

「なるほど。俺の一人称小説なのは相変わらずですが、他の人の本音も台詞の部分に入れ込んでみると（それは面白《おもしろ》いのかなぁ)」

それは面白いのだろうか。そして意味があるのだろうか。俺の場合普段《ふだん》から気持ちを全部発言&書いているから、どうにも、想像しにくい。実際、他の皆《みんな》だって、言っていることと思っていることに違いなんてそうそう無いだろう。……ん？　いや、待てよ……。

「会長。この企画《きかく》は、じゃあ、今日の会議全てに適応するんですか？（わくわく。どきどき)」

「ん？　そうだね……。折角だから、今日の会議冒頭《ぼうとう》から全部そうしよう！　後で皆、ちゃんと本音申告するんだよ！　嘘《うそ》ついたら駄目だからね！　今からの会話も、本音メモっておくぐらいしてね！（それにしてもどーなつが食べたい。でも会議中に自分からそんなこと言い出すのもアレだし……)」

「そうですか……くくく(くくく)」

「キー君、その笑い方は心の中だけじゃなくて良かったのかしら？(面白い子ね……)」

知弦さんに指摘《してき》されてしまったが、関係無い。ふっふっふ……これは……やれる！　やれるぞ、俺！

今回の会議、つまり、嘘がつけない会議ということだ！　俺は何も問題無いが……このツンデレ共はそうはいくまい！　皆はまだ事態の深刻さに気付いていないようだが……今回の企画は、いわば、「ツンデレ殺し」！　言葉でツンツンしたところで、本当の気持ちはどうにもなるまい！

俺は、下卑《げび》た笑いを浮《う》かべながら、まずは……隣の、正統派ツンデレ少女を攻《せ》めることにした。

「なぁなぁ、深夏、深夏(げへへへへ)」

「な、なんだよ(うわキッモ！　まあいっつもだけど)」

深夏が体を反らして俺から距離《きより》を取る。くく……まだこの状況の異常《じようきよう》さに気付いていないようだな。ならば……喰《く》らえ、この究極的質問！

「深夏は、俺のこと、好きか？（ドキドキ！　ワクワク！）」

その俺の問いに対し！　深夏は！

普通にサラッと、答えた。

「まあ、別に嫌《きら》いではないわな（キモイけど。生理的にアレだけど。そのエロさに本気で引いてるけど。まあ、友達だし、わざわざそんな傷つけるようなこと言わなくてもいいか）」

「ふはははははは――――――――――！（本音を見るのが楽しみだ！）」

俺は思わず高笑いをしてしまった！　くくく……くくくっ！「嫌いではない」か。この答えもまあまあだが、俺の狙《ねら》いは、そこじゃない！　今は隠《かく》されているが、小説になった時に明かされているであろう、その裏に隠れた本音だ！

ツンデレの本音……そんなの、俺に対する好意に決まっている！

「ああ、これ、ホントいい企画ですね、会長！（今回の会議は完全に俺へのボーナスステージですね！）」

「へ？　あ、うん、ありがとう（そんなことより、私の気持ちを察して、どーなつ買って来てくれないかな、杉崎。むむむ～、伝われこの想い！）」

「会長はやっぱり、流石だなぁ（さてさて、次は誰《だれ》の本音を聞こうかなっ）」

「えへへ、そうでしょぉ（いいから、どーなつ買いに行けぇ～！　むむむむ～）」

会長に対する感謝を示し終えた俺は、さて、次は誰を毒牙《どくが》にかけてやろうかと周囲をキョロキョロ見渡《みわた》し始める。ふと、何故《なぜ》か会長が何かに失望した様子でがっくり肩を落としているのを見かけたが、まあ、俺には関係の無いことだろう。

俺が人選を迷っている間にも、俺の気も知らず、他のメンバーは勝手な会話を続ける。

「本音が台詞に追加されるのですか……これは、中々イヤな会議かもです（ゲームのことばかり考えていたのがバレてしまいますっ！　ど、どうしましょう！）」

「そうか？　あたしは別に、何も問題ねぇと思うけどな（別に隠し事も無いしなぁ）」

姉妹《しまい》の会話に、知弦さんが溜息《ためいき》をつく。

「はぁ、深夏は羨《うらや》ましいわね。こういう時、素直《すなお》に生きているって大きなアドバンテージだったのだと思い知るわね……（それに比べて、私の危ないこと危ないこと……。《あの犯罪計画》のことは、出来るだけ考えないようにしないとね。本になったら警察動くし）」

「あ、でも、だったら、喋《しゃべ》らなきゃいいだけなんじゃないでしょうかっ！（真冬は天才ですね。それでは、Ｐ○Ｐでもして暇《ひま》を潰《つぶ》しましょうかね）」

　真冬ちゃんが小賢《こざか》しいことに気付く。しかしそれを、会長が封《ふう》じた。

「無言も、『…………』の後に気持ちをつけるから、あんまり意味無いと思うよ？（あ、後付設定だけどっ！　いいの！　そうしないと成り立たないもん！）」

「そうなのですか……では真冬、あんまり変なこと考えないように気をつけようと思います（先輩《せんぱい》と中目黒《なかめぐろ》先輩の×××で×××なシーンとか……ああっ！　考えちゃいました！）」

「安心していいぜ、真冬ちゃん。俺は、そのキミの本音ごと愛してあげるから……（さぁ、今どんなこと考えていたんだい、はぁはぁ。俺とのエロいことでも考えてたのかな、はぁはぁ。本音を見るのが楽しみだぜ、はぁはぁ）」

「先輩……真冬を本音ごと愛してくれるのですかっ！　感動です！（先輩と中目黒先輩の×××なシーンにお墨付《すみつ》きを貰《もら》ってしまいましたっ！　やっぱり先輩は……）」

　どうも真冬ちゃんの食いつきがとても良い。これは……本音を意識することで、俺への好意を改めて確認したのだろう。あぁ、なんて素晴らしい今日の会議！『生徒会の一存』史上、かつてないデレ回が来たようですよ、皆《みな》さん！

　こうなったら、もっともっとデレを引き出してやる！　手当たり次第《しだい》に、デレさせてやるぞー！

「真冬ちゃん、俺のこと好きかい？（うへへへへ）」

「はい、勿論！（先輩×中目黒先輩は大好物です！）」

「おおう、本音を引き出すまでもなく！（キタコレ！　完全に俺の時代キタコレ！）」

この勢いで、どんどん行ってしまえ！

「知弦さんは、俺のこと好きですか⁉（好きなんだろ？　うぇ？　好きなんだろ？　言っちゃえよ！　言って楽になっちゃいなよ！）」

「キー君のこと？　ええ、好きよ（そんなことより、さて、《あの犯罪計画》のことをどうしたものかしらね……。キー君を主犯に仕立てる筋書きを変更《へんこう》すべきかしら……。いえ、大丈夫《だいじょうぶ》よね。私のためならなんでもしてくれそうだものね、この子）」

「やっほう！（知弦さん、そんなに熱い視線で俺を見つめて……これは、本音も楽しみすぎるぅ————————————！）」

ああ、なんて幸せな日なのだろう。今回もしかして最終回ですか？

「会長、会長！　会長は、俺のこと好きですか？（もう皆言っちゃえよ！）」

「ん？　いや、あんまり……（どーなつ食べたい……どーなつ、どーなつ！　杉崎、買って来てよ！　そうしたら、好感度上がるよ！　むむむー！）」

「まあ、口ではそう言いますよね（しかし俺は見逃《みのが》さない！　その、何か物欲しそうな瞳《ひとみ》を！　俺に縋《すが》るような視線を！）」

やぁー、本音見るのが楽しみだなぁ。基本、俺が執筆《しっぴつ》してから、そこに各々《おのおの》、当時の自分の気持ちを書き加えるんだろうけど……本になったら、一番最初にこれ読もう！　そうしよう！

さて、全員に一番重要なことは訊《き》いてしまったな……。まあ、デレパートはこれぐらいでいいだろう。あんまり欲張《よくば》りすぎても駄目《だめ》だ。

ここは一旦《いったん》、会話を本題に戻《もど》すか。うんうん、ラブコメにはメリハリが重要だよな。

「それで会長、本音を追加して描写《びょうしゃ》するのはいいですが、そもそも今日の議題はなんなんです？（特に興味無いけど）」

俺の質問に、なぜか俺の方に手を伸《の》ばして「届け〜」と意味の分からない動作をしていた会長が、こほんと咳払《せきばら》いをして、仕切り直す。

「うーんと、議題は……そう、陰口《かげぐち》について、だよ！（今思いついたけど）」

「陰口ですか。なるほど、俺達が本音でトークすることにより、陰口がどれだけ下らなく、寂《さび》しいことなのか、身をもって生徒に示すわけですね！（意外と考えてんだな、会長）」

「うん、まあ、ある意味そうだよ！（そうだったのか！）」

しかし、そんな俺達のやりとりに、深夏が水を差してくる。

「けどよ、碧陽学園《へきよう》にそういうのは殆《ほとん》どねぇだろ？（生徒会はボロクソだけど）」

「そうです。真冬も、あんまりそういうの聞いたことありません（というか、友達とあんまり喋れてさえいません）」

「そ、そんなことないよ！　今や学園は、陰口だらけだよ！　荒《すさ》んでいるんだよ！（そ、そうなの？　私は聞いたことないけど）」

「それはどこからの情報なの、アカちゃん（そんなに陰口流行《はや》っていたかしら……）」

「えーと、私の頭からぴょこんと出たこの髪《かみ》の毛《け》、『学園荒みセンサー』情報だよ（ただの癖《くせ》っ毛だけど）」

「そのアホ毛にそんな機能がっ！（ハーレム王なのに知らなかった！）」

まさかここに来て、会長の新たな側面を知るとは。恐るべし、桜野《さくらの》くりむ。こいつぁ、まだまだ何か持っていやがるぞ。

「とにかく、今日は、陰口について、議論するよ！（そんなことより、とってもどーなつが食べたいよ！　もう我慢《がまん》出来ないよ！　ぷるぷる！）」

「お、おお、会長さんがやる気だ……（眼からいつにないハングリー精神を感じるぜ！）」

陰口かぁ……俺の周囲にそんなの無いけどなぁ。俺が知らないだけなのか？

「とはいえ、深夏。俺達の周りじゃ、全然そういうの無いよなぁ？（二年B組のヤツらなんて、むしろ全員本音ぶちまけすぎていて引くレベルだし)」

「ああ、確かに全然……ん？(そういや、クラスでも鍵《けん》がいない時に、鍵の話をすることと結構多いな)」

「ん？　どうした？　何か思い当たるフシが？(なんだろう？　全然想像つかん)」

「いや……な、なんでもねぇよ(鍵の話は、基本『あのエロス野郎《やろう》』だの『あのセクハラ男子』だの、考えてみれば悪口ばかりかも！)」

「？　なんだよ。気になるじゃねえかよ(なんだよう……俺に隠し事とかするなよ)」

「な、なんでもねぇって！　鍵の陰口なんて、言ってねぇって！(しつこい男だなぁ！)」

「⁉　え、言ってんの⁉　深夏、俺の陰口言ってんの⁉(ショック！)」

「…………(すまん、正直、言ってる。言いまくってるぜ)」

「その無言に隠された本音を読むのが怖《こわ》い！(ボーナスステージ終了《しゅうりょう》⁉)」

嘘《うそ》だろ⁉　俺……俺、陰口言われているのか！　そんな馬鹿《ばか》な！　この爽《さわ》やかイケメン人気者の陰口なんて、あるはずが無いと思っていたが……。

そ、そうか。あれだな。嫉妬《しっと》だな。俺があまりにイケメンで勝ち組すぎるから、嫉妬したヤツらが陰口をたたいているだけなんだな。深夏も、それに仕方なく付き合っているだけなんだな。そうだよな。

「ま、真冬ちゃんの周りでは、陰口とか、無いんだよね？（他学年にまでは伝播《でんぱ》してないよな……）」

「はい、そうですね（というか、友達と喋ること自体がほぼ無いのです！）」

「ふぅ、良かった（安心、安心）」

俺がホッと胸をなで下ろしていると、なぜか、真冬ちゃんが唐突《とうとつ》に憤慨《ふんがい》してきた。

「な、何が良かったんですかっ！　何も良くないですよ！（真冬に会話相手が居ないのが、そんなに面白いですかっ！）」

「え!?　なに!?　なんで怒《おこ》っているの!?（俺何も変なこと言ってないよな!?）」

「先輩はいいですよね、二年B組の皆さんと仲良しさんで！　真冬なんて……真冬なんてっ！（会話する暇も無いぐらい、一方的に撫《な》でられたりお菓子《かし》を恵《めぐ》んで貰ったりしているだけなのにっ！）」

「も、もしかして真冬ちゃん、やっぱりクラスでいじめられて……（しまった、デリカシーに欠けること言ったかな）」

「真冬のクラスのことは……触《ふ》れないで下さい（最近皆《みんな》、真冬を妙《みょう》に愛《め》でるのです。一人でゲームとかしたいのに、放っておいてくれないのです。頭を撫でるのです）」

「真冬ちゃん……ごめん（そんなにいじめが深刻だったなんて……ごめんな、真冬ちゃん。

気付いてあげられなくて。俺は……俺は、駄目なハーレム王だ！）」

「いいえ、いいです。これは、真冬が、自分で解決すべき問題なのですからっ！（明日《あした》こそ言うのです！『真冬にお菓子を与《あた》えてはいけません！』って！　あの過保護さん達に、ガツンと言ったるのです！）」

「ま……真冬ちゃん！（キミは、なんて強い子なんだ！）」

「真冬も、本音でぶつかってみるのです！（休み時間に杉崎先輩《せんぱい》と中目黒先輩の絡《から》みを妄《もう》想《そう》する時間が欲しいと、言うのです！）」

「真冬ちゃんの本音……俺も応援《おうえん》するぜ！（頑張《がんば》れ、真冬ちゃん！）」

「お、応援してくれるのですか!?　ま……真冬頑張ります！（むっふぅー！）」

「お、おう、なんか凄《すご》い力入っているけど、が、頑張れ！　負けるな、真冬ちゃん！（なんだろう、真冬ちゃんの眼から俺と同種の欲望《よくぼう》を感じる……気のせいか？）」

なんだか分からんが、話している間にいじめ問題が解決してしまった。相変わらず生徒会の会議は展開が早くて驚《おどろ》きだ。

真冬ちゃんの鼻息が荒《あら》くてどうにも目を合わせていられないので、俺は、知弦さんに話題を振《ふ》ることにした。

「知弦さんの周囲には、陰口とかありませんよね？（あの会長と同じクラスだしなぁ）」

「ええ、無いわよ。……周囲にはね（ふふっ）」

「なにその含《ふく》みのある台詞《せりふ》！　まさか知弦さんは陰口を!?（そんなっ！）」

「まあ私のことはさておき、基本は無いと思うわよ、陰口（というか、私にそんな話題を振る生徒が居ないだけかもだけど）」

「そうですか……なら問題ないかな（というか、知弦さんにそんな話題を振る勇気が誰《だれ》も無いだけな気もするけど）」

「それにしても、本音がバレるとなると、下手なこと考えられなくてやりにくいわね（こういう企画《きかく》って、人格が大人であればあるほど辛《つら》いわよね……）」

「そうですか？　俺はそうでもないですけど……（今や何も隠《かく》し事《ごと》無いもんなぁ）」

「キー君やアカちゃんや深夏は全然問題無さそうよね……。真冬ちゃんは……当人より、読む側にダメージありそうだけど（彼女の頭の中はあまり覗《のぞ》きたくないわ）」

　知弦さんの発言に、俺との会話を終えてからBL本らしきものを読んでいた真冬ちゃんが、ぴくんと反応してきた。

「し、失礼なっ、です！　真冬の頭の中は、綺麗《きれい》なピンク色の楽園ですよ！（そう、裸《はだか》の杉崎先輩と中目黒先輩が絡み合う周囲を鮮《あざ》やかな花々が彩《いろど》るような、そういう心象風景が九割ですよ！）」

「ええ、まあ、そうでしょうね（その楽園が、ある人間にとっては地獄《じごく》ということに、気付いていないのかしら）」

真冬ちゃんがぷりぷりと怒《おこ》りながら読書に戻る。……いじめ問題ってさ。加害者が自分を加害者と思ってないのが、一番の問題なんだよね……。なぜか今、真冬ちゃんを見ていて、心からそう思いました。

「それに比べて、私の、この企画が辛いこと辛いこと（保身的な意味で、他人に見せられない情報ばかりだもの。ああ、色々規制してものを考えるって、疲《つか》れるわぁ）」

「ああ、そうかもしれませんね（この人、商業誌で見せちゃいけないもの一杯《いっぱい》溜め込んでそうだもんなぁ）」

「はぁ、早く会議終わらないかしら……（ああ、いけないわ。考えちゃいけないいけないと思えば思うほど、タブーな部分に思考がいってしまう。……とはいえ、私の中の一番のタブーってなにかしら……って、いやいや、だから、それを考えちゃいけないのでしょ、知弦！）」

な、なんか、知弦さんが汗《あせ》をダラダラ掻《か》き始めてしまった。

「だ、大丈夫《だいじょうぶ》ですか、知弦さん？（そんなにこの企画辛いのですかっ！）」

「だ、大丈夫よ、ええ（キー君、話しかけないで！　無言は駄目でも、自分以外のメンバーで会話が回れば問題ないのよ！　私に回ってきたら、また、色々ぐるぐる考えちゃ——ああ、もう、ダメ！　無理よ！　この私に、『考えちゃいけない』って、そもそも無理なのよ！　そういうキャラじゃないんだもの！　あぅ！）」

「ち、知弦さん!?　なんか、汗が尋常《じんじょう》じゃないですが……（この人ある種最強なだけに、打たれ弱いというか、一度崩《くず》れるとホント駄目だな！）」

「大丈夫って言っているでしょ！　も、もう、話しかけないでっ！（ああもう私、なに怒ってるのよ！　八つ当たりって、最低ね！　よりにもよって、キー君に当たるなんて……。で、でも、むしろ彼だから良かったのかな？　そうよね、キー君って、意外とそういうの全部受け止めてくれる不思議な包容力みたいなのがあって、だから私も、普段《ふだん》から遠慮《えんりょ》しないドS攻撃《こうげき》が出来ているところもあって、そういう意味じゃ、いつもキー君にはホントに感謝——って、だから、何考えてるの私！　こんなの小説に載《の》るなんて——いやぁあああああああ！）」

「知弦さん!?（なんか髪振《かみふ》り乱《みだ》してる！）」

知弦さんの混乱が物凄《ものすご》い熟成されてきていた！　だ、大丈夫かこの人！　この企画そんなに駄目《だめ》か！　いや、これは、なんか当人が勝手に思考の迷路に迷い込んでいるだけな気がするぞ！

「知弦さん、落ち着いて！　普通《ふつう》にしていれば、そんなに焦《あせ》る企画じゃないですって！

（どんだけ犯罪じみたこと考えているのだろう。まあ、だとしても、本になればヤバイ部分には規制は入るわけだし、そこまで焦らなくてもいいのにな……）」

「そ、そうよね、普通にしていればいいのよね……。………。（ふぅ、そ、そうよ。落ち着きなさい、紅葉知弦。何を混乱しているの。黒い部分のタブーなんて、私が規制しなくても、富士見書房《ふじみしょぼう》の方で規制されるじゃない。大丈夫よ）」

「落ち着きました？　知弦さん（大丈夫かな、この人……）」

「え、ええ。ありがとう、キー君（そうよね。あ、そう考えたら、私の本当のタブーって、黒い部分じゃなくて、こういう時本当に頼《たよ》りになるキー君に対する、この、安堵感《あんどかん》っていうか、実は凄く甘えたい気持ちというか、ときめきというか……。そういう、彼に対する抑《おさ》えきれない好意の部分なのよね——って。………………。……にゃあああああああ!?もう考えちゃってるじゃない、知弦！　うにゃぁあああああああああああああ!?）」

「おおぅ!?（なんだなんだ!?）」

知弦さんがぐわんぐわん髪を振り乱したと思ったら、ぐしゃぐしゃーっと頭を掻きむしり始めてしまった！　知弦さん！　知弦さぁあああああん！

「も、もう……私に……話し……かけないで（無心無心無心無心無心無心無心無心無心無

心無心無心無心無心無心無心無心無心無心無無無！）」

「わ、分かり……ました（ごくり。なんて鬼気迫《きせま》る表情！　ど、どんだけヤバイこと考えていたんですかっ、知弦さん！　恐《おそ》ろしい……本になっても、この辺りだけは読まないようにしようっと）」

「…………………………（………………………………………………）」

「⁉（なんか知弦さんが真っ白だ！）」

普段真っ黒な彼女が、びっくりするほど力の抜《ぬ》けた表情で、ぽけーっとしていらっしゃった！　怖《こわ》い！　無の人、怖い！

も、もうデレパートとかいいや。神様ごめんなさい。変なこと望んだ俺が馬鹿でした。もう、真面目《まじめ》に会議することにします。

というわけで、そもそもこの議題を持ち出した会長に話を振る。

「会長、なんだかんだと話聞きましたけど、やっぱり、碧陽学園に陰口《かげぐち》は、少なくとも問題になるほど多くはないと思いますが……（まあ危険人物は沢山《たくさん》いるけど）」

俺の問いかけに、会長はなぜか少し視線を逸《そ》らしながら応じる。

「そ、そうね。そうみたいね。なら、良かった……うん（そりゃそうだよ。昔はちょっとあったけど、私が会長になってから、そういうの減ったもんね！　えへん！）」

「？　なら、この議題って一体なんだったんですか？（また会長の無責任な思いつきか？）」

「え？　あ、えーと、そうね。えーと……け、けいしょう？（使ってみたはいいけど、けいしょうって、なんだっけ。ショートケーキをギョーカイっぽく略した言葉だっけ）」

「警鐘《けいしょう》ですか。まあ、だったらいいかな……（会長も、意外と色々考えているんだな）」

「え？　よくないよ！（ショートケーキより、今はどーなつが食べたいんだよ！）」

「ええ!?　なんですか急に！　自分で言い出したことを自分で否定して！（意味が分からない！）」

「杉崎は、ホント、何も分かってないね（私がどーなつ派だって、どうして分かってくれないの！）」

「なんか……すいません。ええと、この議題に、実は何かもっと深いものが込められていたということでしょうか……（会長、今日は本当に有能だなぁ）」

「そうだよ。……杉崎。私は杉崎に自分で気付いてほしいから、あえて、答えそのものは言わないよ。だけど……ヒントを出すなら……『空洞《くうどう》』かな（どーなつは、真ん中に穴があるのがいいんだよね！　あれが切なさを演出しているよね！）」

「空洞!?　空洞ですか……（やばい。どうもこの議題には、本気で凄《すご》く深いテーマが隠されている気がしてきた！）」

会長があまりに深いことを仰《おっしゃ》っているので、俺だけでは手に負えず、隣《となり》の深夏に助けを求める。

「深夏、空洞だってよ……。お前、分かるか？（あまりに深すぎて、俺如《ごと》きじゃとても……）」

俺の質問に、深夏はいつにない真剣《しんけん》な表情でこくりと、厳《おごそ》かに、頷《うなず》く。

「空洞ね……空洞。確かに、空洞は熱く、そして、深いよな……（地下空洞、大空洞、地球空洞説……どれもこれも全て、熱血漫画《まんが》じゃ熱い要素だぜ！）」

「お、おお、なんか悟《さと》っている？　じゃあ俺だけか。やっぱり俺だけ、浅いのか（最近、情緒云々《じょうちょうんぬん》以前に体の関係になるタイプのエロゲばっかりやりすぎていたせいだろうか）」

そ、そうか、深夏も今回の議題の本質に気付いているのか……。どうしよう。俺だけ、なんか目的意識を共有出来ていない？　知弦さん……は壊《こわ》れているからそぉっとしておいて、真冬ちゃんも分かっているのかな？

「真冬ちゃん。真冬ちゃんは、空洞とかいうキーワードについて、きちんと理解しているの？（真冬ちゃんはこっち側だよね！）」

俺の問いかけに、BL本を読んでいた真冬ちゃんはパッと顔を上げて、どこか威張《いば》った様子で返してくる。

「当然です。空洞なくしては、何も語れませんよ。真冬から言えることは……一番大事なのは、心の空洞だということだけですかね（BLの世界では、『お前の心の空洞を埋《う》めてやるぜ』的展開が真冬の好みなのです！……ところでこれ、なんの話ですか？　会議全然聞いてませんでした。まあいいです。真冬はBLの続きを読むだけです）」

「こ、心の空洞⁉（なんかやべぇ！　今回の議題、もしかしてめっちゃ深い⁉　そして俺だけそれに気付いていない⁉　どうしよう、語り部として、どうしよう。今回の結論、理解してなきゃ描《えが》けないじゃん！）」

これはまずいぞ。どうやら、会長を始めとして、全員が何か凄く大きなものを学んでいるようだ。

こ、ここは、会長にそれとなく答えを聞きだしてしまおう。そうしよう。

「会長。空洞……ですよね。ええ。俺にも、なんとなく、分かってきましたよ（完全に嘘《うそ》だけど）」

俺の言葉に、会長はなぜか急に目をキラキラと輝《かがや》かせ始めた！

「わ、分かったの⁉　分かってくれたの⁉（杉崎！　どーなつ買って来てくれるの⁉）」

「え、ええ。つまり……あれですよね。空洞は、空洞であって、空洞ではないと。そういうことですよね（テキトートークにも程《ほど》があるだろ、俺）」

「うん、そういうことなんだよ！（どーなつの穴には夢が詰《つ》まっているもんね！）」

「そういうことなんですか⁉（マジで⁉）」

やべぇ、余計分からなくなってきた。なんだ、空洞って。本音で喋《しゃべ》ることや、陰口に警鐘を鳴らすことに、『空洞』というキーワードがどう絡《から》むのか。ああ、もう、社会科のテスト受けている気分になってきたよ……。


問『本音』『陰口』『空洞』という言葉を全て使って、碧陽学園に起こっている問題の核心《かくしん》について200文字以内で述べなさい

みたいな。……分からない。この文章問題、△評価さえ貰《もら》える気がしない。も、もっと会話を続けて情報を引き出さないと！

「会長の切なる願いは、俺にもひしひしと伝わってきていますよ！　ええ！（お願いだから、答えを口にして下さい！）」

「そうなんだ……私は杉崎を、とても誇《ほこ》りに思うよ！（さあ、どーなつを買いにいってくれたまえ！）」

「そ、それは光栄です。それでその、具体的なことに関してなんですが……（もっとハッキリ口にして下さいよ！）」

「ふ、わざわざ言うてくれるな、杉崎よ（そこは、杉崎の好みで選んできてくれてよかけん。それもまた、どーなつの一つの楽しみというものじゃけぇ）」

おおう、なんか妙《みょう》な貫禄《かんろく》出して来ている！　なんだこれ！　どういうことなの!?　会長、なんかすっかり成長しちゃったの!?　そして皆《みんな》（壊れた一名除く）も、俺より一回り成長しているの!?　なんか俺、二話〜三話ぐらい飛ばしてしまいました!?　だから話についていけないの!?　なんか俺だけ精神的成長が若干《じゃっかん》遅《おく》れている気がするんですが！

俺はなんとか、会長に食らいつく！

「そこを是非《ぜひ》……会長の口からも、ハッキリと一度お聞きしたく……（早く言って！　その深そうな結論、俺に分かるように言って！）」

しかし会長は、満足そうに、大人の表情で頷くばかりだった。

「よかけん、よかけん（杉崎がどーなつを買って来てくれるという、その気持ちが、一番大事なんじゃよ。これ以上、私の好みまで言うたら、バチ当たるいうものじゃ）」

「いや良くないですって！　こ、こう、皆の心を一つにするためにもですね！　ここは、今一度、改めて、会長の口から……（お願いですから！）」

「うーむ？　そんなに言うなら、では、一言だけ……（仕方ないなぁ。これ聞いて、早く買いに行ってよ）」

「はい！（よっしゃ！）」

完璧《かんぺき》だ！　これで、ようやく、俺にも皆がこの議題で何を学んだのか、ハッキリと——

「甘くてほろ苦くて、黒くて、だけど確かな柔《やわ》らかさが、そこにはあってほしいわ！（チョコレートのかかったどーなつがいいです！）」

分からねぇえええええええええええええええええええええええええ⁉

なにそれ⁉　どういうこと⁉　ねえ、どういうことなの⁉

深夏⁉　深夏は分かってるの⁉　お前、本当に分かってるの⁉　なぁ⁉

「なんだよ、鍵、そんなに必死な目でこっち見て（テラキモスｗ）」

「なぁ、深夏。今回の議題っていうか、会長の言っていることだけど……（意味不明すぎじゃね？　本当はお前も分かってないんだろ？　な？）」

「ああ……。会長さんは、ホント、ポイント押さえたこと言うよな！（甘い空気や苦い展開、黒い敵キャラ、それでいて柔軟《じゅうなん》性に富んだギャグ。熱血漫画には、それらも重要なんだよな！　分かってるね、会長さん！）」

「ポイント押さえてんの⁉　あの発言が⁉（全っ然分からねぇ！）」

なんだこれ。俺、なんか騙《だま》されてるのか？　どうも納得いかない！

「真冬ちゃん！　真冬ちゃんも会長の言っていることがポイント押さえているとか、言わないよね？（キミは俺と同じような感性のはずだろう！）」

「なんでですかっ！　会長さん、びっくりするほどポイント押さえまくりじゃないですかっ！（BLの全てを見事に、エロチックに表現した言葉と言っても過言ではありませんよ、あれ！）」

「お、おかしいよ！　俺、絶対ハメられてるよねぇ⁉（そうじゃなきゃありえない！）」

「せ、先輩《せんぱい》！　そういうこと言っちゃ駄目《だめ》です！（は、ハメられてるなんて……なんてハレンチな！　いくらなんでも、ハッキリそういうこと言うのは下品ですよ！）」

「ご、ごめんなさい（駄目な真冬ちゃんにまで怒《おこ》られた……ショックだ……）」

ああ、もう、頭がおかしくなりそうだ。……ん？　頭がおかしく？

俺はこっそり、ある人に話しかける。

「ち、知弦さん。知弦さんは……その、理解出来てないですよね、今回の議題の本質とか。ね？　ね？（もう味方は、知弦さんだけだよ）」

俺の問いかけに、今まで真っ白になっていた知弦さんは、俺の顔を見て突如《とつじょ》ぼっと顔を紅《あか》くしたと思ったら、思い切り机に顔を突《つ》っ伏《ぷ》した！

「き……キー君とは喋りたくありません！（あぅ、私を見ないでっ！　無の状態にキー君の顔は、咄嗟《とっさ》に私の中から本音を引き出してしまうじゃないっ！　実はドSな願いじゃなくて、普通《ふつう》に「ぽわん」とした幸せな気分になるの、バレるじゃない！）」

「えええええええええ!?（なんか俺すげぇ嫌《きら》われている！　くすん……もう、今回、本になっても知弦さんの本音だけは絶対見ないことにしよっ）」

はぁ……なんかもう、皆の話にはついていけず、知弦さんにはとどめをさされ、どうでもよくなってきました。

「ははは！（もういいや！　小説のオチなんて知ったことか！　議題に深いテーマが隠《かく》されているんだったら、皆自分で悟れよ！　文章には書かれてないことを読み取るのも、読書ってもんだろ！）」

「す、杉崎？（ど、どうしたんだろう。……もしかして、どーなつ買いに行ってくれないのかな？　そうだよね……。この気持ち、伝わるはずないよね……。くすん）」

というわけで、今回のテーマ理解放棄《ほうき》。い、いつも俺が一人称《いちにんしょう》で綺麗《きれい》にまとめると思ったら大間違《おおまちが》いだぞこんにゃろう！　皆には分かって俺には分からないことがあるんだろ？

だったらもう知らねぇ！　勝手にすりゃあいいさ！　ははーん！

ヤケになって勝手に荒《あ》れていると、ふと、会長がしょぼーんとしているのに気付いた。

ん？　なんだ？　俺には分からない今日の結論とやらに、なんか、落ち込んでいるのだろうか。

………。

もういいや！　いくら考えたって俺には分からないんだから……だったら、俺は、俺なりの方法で、会長を元気にしてやるぜ！

えーと、何がいいかな。会長を喜ばせるもの……。うーんうーん。なんか空洞《くうどう》がどうとか言っていたのが、そもそもの問題の始まりなんだよな。全く、にっくき空洞め！

空洞、空洞。空洞ねぇ。……食う、どう？　なんつって。

「………（食う、どう？　なんつって。食う、どう？　なんつって）」

「……はぅ（本当にお腹空《す》いたなぁ……今日、お弁当少なかったもんな……ふぅ）」

「…………（食う、どう、なんつ……）」

あ、そうだ。

「会長、どーなつでも食う？（駄洒落《だじゃれ》だけど）」

「た、食べるぅ――――――――――――――――！（キタ――――――――！）」

　というわけで、その後、皆でどーなつを買いに行って、食べました。

　終わり。……か、会議の結論を毎回ちゃんと書くと思うなよ!?

【きみつの生徒会】

碧陽《へきよう》学園生徒会役員調査資料

《企業《きぎょう》》流行戦略課　学園調査部所属　朽木《くちき》　冴子《さえこ》

《生徒会長　桜野《さくらの》くりむ》

碧陽学園三年A組に在籍《ざいせき》。前年度は副会長として活動。家族関係は良好。その振《ふ》る舞《ま》いの単純性故《ゆえ》、流行操作においては当初扱《あつか》いやすい存在と見なされた。が、その突飛《とっぴ》な振る舞い、行動力において何度も我々の目的を阻《はば》んだため、現在はA級危険因子と認定されている。

体格は小柄《こがら》。容姿は……可愛い。とても可愛い。すごく可愛い。お持ち帰りたい。持ち帰りたいです。持ち帰ります。今決めました。持ち帰ります。というわけで、正式に申請《しんせい》書《しょ》を添付《てんぷ》しておきましたので、そちらも、合わせてご覧下さい。私、朽木冴子（29）は本気でございます。

もう、ホント可愛いんですよ、あの子ったら。その可愛さたるや、四十五万にゃんこ（朽木調べ）でございます。脅威《きょうい》です。脅威の萌《も》え力です。《企業》にとって本当に恐《おそ》るべき存在です。

その純真無垢《むく》な振る舞い、汚《けが》れを知らない瞳《ひとみ》、柔《やわ》らかそうな肌《はだ》、ぎゅうと抱《だ》きしめたくなる体軀《たいく》……あれこそまさにエンジェル。銀のエンジェル、金のエンジェルに告ぐ第三のエンジェル、クリムゾンエンジェル。ああ……その中二病チックな名前さえ似合ってしまうあの可愛らしさ、なんと恐ろしい。

こんなに怯《おび》えたのは、この私、朽木冴子（独身）が小学三年生の頃《ころ》に地元で、『なまはげのお面が足りなかったから』と、なぜか、よりにもよってウル〇ラマンのお面を被《かぶ》った成人男性に包丁を持って追いかけられた時以来です。自分を守ってくれるはずのヒーローに襲《おそ》われるあの恐怖《きょうふ》と同等とは、本当に、驚嘆《きょうたん》すべき存在と言えるでしょう。

とにかくあの愛らしさは危険です。凶器《きょうき》です。その吸引力たるや《企業》でも屈指《くっし》のエリートが集《つど》うとされる調査部所属の私、朽木冴子（百合《ゆり》）が、危《あや》うく、自分の仕事を忘れてお菓子《かし》を買い与《あた》えてしまいそうになったほどです。

あんな存在が学園にいたのでは、流石《さすが》の《企業》といえども手も足も出ないでしょう。

というわけで、アレは、私が引き取りたいと思います。いえ、引き取ります。引き取らせろ。引き取るぞ。引き取るんだい。ほーしーいー！　冴子、あれ、ほーしーいー！

こほん。失礼致《いた》しました。でも本音なので修正はしません。ご了承《りょうしょう》下さい。

《生徒会書記　紅葉知弦《あかばちづる》》

碧陽学園三年A組に在籍。前年度は副会長として活動。中学時代に友人関係にトラブルを持つも、現在はそれも解決。のびのびと生活しているように見受けられる。頭の回転が速く、企業にとっては当初から今まで常にA級危険因子として、認識されている。

性格は穏和《おんわ》……と見せかけて実は冷酷《れいこく》非道。その冷たい視線、言葉責めの数々は実に……実にこの私の背筋を、ゾクゾクさせてくれるではありませんかっ！　なんたる脅威！　この百戦錬磨《ひゃくせんれんま》たる朽木冴子（ドM）の感性をここまで刺激《しげき》してくることからも、彼女が、やはりただ者ではないということが窺《うかが》えます。

彼女の、私以外の人間にかける罵倒《ばとう》の言葉の数々を陰《かげ》から見守るだけでも、この快感。その視線、その暴言を自身に向けられた時のことを思うと……私は、駆《か》け巡《めぐ》る情動や血流や脳内物質を抑《おさ》えられません！

こんなに興奮したのは、この私、朽木冴子（痴女《ちじょ》）が中学二年生の時に修学旅行で、宿《しゅく》泊《はく》先の旅館にて、『女子中学生（同級生）だらけの大浴場』というイベントへの期待を抑えきれず、ゲームコーナーでお菓子を取るUFOキャッチャーに全力集中、ワンプレイで大量確保、大量飲食、しかし賞味期限が年単位で切れていたそれらを食したことでダウン、大浴場へ行けず部屋の布団《ふとん》で悶々《もんもん》と妄想《もうそう》だけを膨《ふく》らませていたあの時……以来でございます！

とにかく彼女のサディスティックさは危険です。凶器です。その魔力《まりょく》たるや《企業》でも屈指の変わり者が集うとされる調査部所属の私、朽木冴子（絶倫《ぜつりん》）が、危うく、仕事中に達してしまいそうになったほどです。何処《どこ》にかは言いませんが。

あんな存在が学園にいたのでは、流石の《企業》といえども手も足も出ないでしょう。

というわけで、アレは、私の専属女王様として迎《むか》えたいと思います。雇《やと》います。なんぼ払《はら》ってでも雇います、雇わせて下さい。貢《みつ》がせて下さい。貢ぎたいんです。貢がせて。お願いだから貢がせて。ああっ、そんな蔑《さげす》むような目で私を見ないで！　冴子……冴子、快感でおかしくなっちゃう――――！

こほん。失礼致しました。でも快感なので修正はしません。ご了承下さい。

《生徒会副会長　椎名《しいな》深夏《みなつ》》

碧陽学園二年B組に所属。前年度は会計として活動。シングルマザーの母親との間に多少の確執《かくしつ》あり。同生徒会に妹の真冬《まふゆ》が在籍している。学業優秀《ゆうしゅう》、リーダーシップ能力ありと典型的優等生だが、特筆すべきはその運動能力である。時折発揮されるその人知を超《こ》えた力とこの学園の関係性については、未《いま》だ調査中。そういった部分や、人望の厚さを含《ふく》め、間違《まちが》いなくA級危険因子と認められる少女である。

活動的で面倒見《めんどうみ》のいい姉御肌《あねごはだ》的な存在ながら、その実、中身は夢見る少女。そのあり方たるや……まさしく昔の私！　あの頃の、他人を無償《むしょう》で助けていると見せかけて、その実下心ありありながら、多大な人望を集めていた杤木冴子（頂点）にうり二つではありませんかっ！　この私に似ているなんて、なんたる脅威っ！

特に「男子は恋愛範囲外《れんあいはんいがい》」という素晴《すば》らしき思想、まさに私を継《つ》ぎし者！　そのあまりの素養に、最初見た時は発熱するほど身震《みぶる》いしたものです。しかも既《すで》にあの頃の私を遥《はる》かに凌駕《りょうが》し、周囲に「か弱い依存《いぞん》心の高い妹」「ロリっ子先輩《せんぱい》」「ドS先輩」「アイドルクラスメイト」と各種美少女をはべらすその才能……最早《もはや》、魔王《まおう》の風格！

こんなに畏怖《いふ》したのは、この私、杤木冴子（貧乏《びんぼう》）が高校一年生の時、親友（毒牙《どくが》にかけようと狙《ねら》っていた美少女）のお弁当に「ミニハンバーグ」が入っているのを目撃《もくげき》してしまった時以来です！　当時の私のお弁当と言えば、銀シャリとたくあん、そしておやつのサ○マドロップ（最終的に缶に水をいれてジュースに）が最高の贅沢《ぜいたく》だったというのに！

とにかく彼女の魔王たる素質は危険です。凶器です。その覇力《はりょく》たるや《企業》でも屈指の危険思想が集うとされる調査部所属の私、朽木冴子（淫魔《いんま》）が、危うく、仕事終わりに彼女へ私の技《わざ》の全てを託《たく》してしまいかけたぐらいです。

あんな存在が学園にいたのでは、流石の《企業》といえども手も足も出ないでしょう。

というわけで、アレは、私の弟子として迎え入れたいと思います。教えます。教え込みます。全身全霊《ぜんれい》をもって伝授します。私の技を、生き様を、託します。託したいんです。託さざるをえません。託す。託さでおくべきか。……結婚《けっこん》出来るあてが、子供が出来る予定がないのだもの！　冴子だって、何か一つくらい残したいのよぉおおおお！

こほん。失礼致しました。でも本気なので修正はしません。ご了承下さい。

《生徒会会計　椎名真冬》

碧陽学園一年C組に所属。入学直後にも拘《かか》わらず絶大な人気を集め会計に就任。虚弱体《きょじゃくたい》質、男子に対する拒絶《きょぜつ》反応といくつかの問題を抱《かか》えるも、穏《おだ》やかな日常生活をこなしている。容姿や発言に惑《まど》わされがちだが芯《しん》はある意味姉以上に強く、趣味《しゅみ》に対する確固たる情熱も含め、流行操作のための意思先導は極《きわ》めて難しく、生徒会役員ゆえ他人への影響《えいきょう》力も絶大のため、A級危険因子と認められる。

嗜好《しこう》が極めて極端《きょくたん》で、その生き様たるや……まさしく私のライバル！　強敵と書いてライバルと読んで差し支えない存在！　いや、戦友と書いてライバルと読むのもいいかもしれない！　百合で活発で最強な私、朽木冴子（強欲《ごうよく》）と性質が正反対でありながらも、確実に同族と呼ぶに足るあのオーラ！　姉とは違《ちが》った意味で私を鏡映しにしたあの人格……なんたる脅威！

《企業》の面々よ、油断してはいけない！　彼女こそが、我々の最大の敵！　最悪の障害にして、最強の刺客《しかく》！　自身の特殊《とくしゅ》な嗜好を暴露《ばくろ》しつつも、しかし彼らの小説読者に対する人気投票などでは確実に上位に食い込むその異端《いたん》の能力、最早羨望《せんぼう》に値します！

こんなに羨望したのは、この私、朽木冴子（処女）が高校三年の頃、親友だった美少女（過去形）に、「親の再婚《さいこん》の関係で、二歳《さい》下の義理の妹（美少女！）が出来た」と報告された時以来です！　あまりに悔《くや》しくて悔しくて、思わず泣きながら自転車で日本縦断してしまいました！　悔しい……でも想像したら感じちゃう！　びくんびくん！　まさにそんな気持ち！　それと同等の羨望を、今、私は椎名真冬に感じております！

とにかく彼女の全てが危険です。凶器です。その魅力《みりょく》たるや《企業》でも屈指のトラブルメーカーが集うとされる調査部所属の私、朽木冴子（孤独《こどく》）が、危うく、仕事を放棄《ほうき》して彼女の協敵《とも》としてその傍《かたわ》らに立ってしまいかけたぐらいです。

あんな存在が学園にいたのでは、流石の《企業》といえども手も足も出ないでしょう。

というわけで、アレは、私の生涯《しょうがい》のライバルとして認定したいと思います。認めざるをえません。認めさせて下さい。認めたいんです。認めるっきゃない！　認めちゃえよー！　うん、認める！　だって……冴子だって、いい加減友達らしい友達の一人ぐらい欲しいんですよぉおおおお！　おろろぉぉおおおおおおん！　どぼじで、みんな、わたすから離《はな》れていくだぁ――――！　おいてかないでけれぇ――――――！

こほん。失礼しました。でも切実なので修正はしません。ご了承下さい。


あ、そうそう、あと一人報告を忘れてました。

《生徒会副会長　杉崎鍵《すぎさきけん》》

興味無し。美少女じゃないもん。ノーマークで良し。

というわけで、これにて、今年度の生徒会役員に関する報告を終了《しゅうりょう》致します。

※後日、とあるメールの記録

送信者　《企業《きぎょう》》幹部
受信者　朽木冴子（無能）
題名　クビ
本文　キミの報告通り動いた結果、先日、《企業》はその杉崎鍵に見事にこてんぱんにされました。よって、キミは今日をもって解雇《かいこ》です。正式な書面はまた後日。
追伸《ついしん》　今だから言いますが、キミは完全に変態です。その能力の高さ故《ゆえ》あえて指摘《してき》しませんでしたが、やはり、いくらなんでも報告書にまでその性癖《せいへき》、性衝動《せいしょうどう》をぶつけるのはいかがなものかと思います。
ちなみに今後碧陽学園生徒（特にキミが心酔《しんすい》していた役員達）にちょっかいを出そうな

どとした場合、即《そく》《楽園》送りになりますので、ご注意下さい。

それでは、貴女がこの解雇によって心を改め、きちんと社会に適合した人間に更生《こうせい》されることを、元上司として、心より願っております。

……ホントに、改心するんだよ？　変な考えは起こさないようにね？　いい大人なんだから、性的な衝動への我慢《がまん》を覚えるようにね。

後日、結局《楽園》送りになりました（生徒会室をハァハァ覗《のぞ》いてました）。

【第三話～疑う生徒会～】

「信じ合う心こそ、この世で最も尊いものなのよ！」

会長がいつものように小さな胸を張ってなにかの本の受け売りを偉《えら》そうに語っていた。

そして、即座《そくざ》に憤慨《ふんがい》した様子で、今日の本題を告げる！

「それで、私のケーキを食べたのは誰《だれ》なの！」

バンッと強く机を叩《たた》き、俺達を威圧《いあつ》する会長。対する俺達はと言えば……。

「だから、誰も食べてねぇーってさっきから言ってるだろ、会長さん」

「そうです。他人のケーキを勝手に食べるなんて、真冬《まふゆ》はそんなことしません！」

「アカちゃんの楽しみにしているケーキを食べるなんて、そんな酷《ひど》いこと、私がするわけないじゃない」

「俺だってそうです。そもそもそんなに甘いモノ好きなわけじゃないし」

皆《みんな》が口々に反論するが、しかし、会長はそんな主張に一切《いっさい》耳を貸さず、ただただ、怒《おこ》り続ける。

「そんなハズないの！　犯人は……この中にいるの！」

「会長、自分で信頼《しんらい》が大事だと言ったばかりじゃないですか」

「信頼は、それに足る根拠《こんきょ》があって、初めて成立するのよ！」

「いや、むしろ、そういう根拠無しで信じることこそ、真の信頼なんじゃ……」

「杉崎《すぎさき》。世の中、綺麗《きれい》事じゃ渡《わた》っていけないよ」

「わー、お子様会長に偉いこと諭《さと》されたもんだなぁ」

会長は相変わらず自分の都合のいいように世界観をねじ曲げる人だった。

全員がやれやれと目を見合わせる中、しかし、今日の会長はとにかくしつこく、この話を粘《ねば》る！

「うぅ、今日は私がアウェーの日だなんて！　おかしいよ！　絶対、犯人いるよ！」

「いいえアカちゃん。今日はアカちゃんがアウェーというより、むしろ、アカちゃん以外の全員がアウェーみたいな感じよ」

知弦《ちづる》さんの言う通りだった。俺達はそもそもボケているつもりなんて一切ないし、どちらかというと、会長より俺達側が一般《いっぱん》的な反応をしている気がする。

ところで、もう今更《いまさら》言うまでもないと思うが、一応説明しておくと、会長が楽しみにしていたケーキが生徒会室から消えたので、俺達役員が疑われているという状況《じょうきょう》だ。

現場検証やらアリバイやら云々《うんぬん》以前に、そもそも、他人のケーキを勝手に食うような人間は、この中だと、あえて疑うなら会長本人ぐらいしか容疑者がいないと思うのだが……

これに関しては、読者さんも多分賛同してくれることと思う。

全員がそんな風に思っているから、当然、会長の思い通りに会議は進まない。結果、会長は余計にボルテージが上がって来てしまっていた。

「ぜ、絶対この中に犯人がいるんだもん！　そうじゃなきゃおかしいんだもん！」

「さっきからそう言うけどさぁ、会長さん。たとえ実際にケーキが誰かに食べられていたとして、なんで仲間であるあたし達が疑われるんだよ」

「それは、生徒会室にケーキがあったからだよ！　それを食べるなんて、役員以外には出来ない芸当だよ！」

「？　そんなこと無いと思いますよ？　放課後、最初の人が鍵《かぎ》開けて以降なら、真冬達以外の生徒だって、生徒会室は勝手に入れると思いますけど」

「そうだけど、常識的に考えて、役員が犯人！　犯人はこの中にいる！」

「推理の根拠がゆっるゆるですね……」

全員が溜息《ためいき》をつく。しかし会長はそういう俺達の態度が気に食わず更に――と悪循環《あくじゅんかん》に陥《おちい》りまくりなので、仕方なく、俺が妥協《だきょう》して話を聞くことにした。

「分かりました会長、落ち着いて下さい」

「落ち着いてられるわけないでしょ！　人が一人亡《な》くなっているんだよ⁉」

「いや亡くなってないですから。勝手に事件を拡大させないで下さい」

「そ、それぐらい私はショックだったってことだよ！　これはもう、ケーキ殺人事件と言っても過言ではないよ！」

「いや過言ですから。精々《せいぜい》、盗難《とうなん》事件ですから」

「誘拐《ゆうかい》事件かもしれないよ」

「これから身代金《みのしろきん》要求の電話が入ったら、そうとも言えるかもしれませんが」

「既《すで》に食べられていたら、これはもう、猟奇《りょうき》殺人事件とも言えるよ」

「ケーキを完全に人扱《あつか》いですね。でも会長だって、予定通りなら、ケーキ食べていたんでしょう？」

「私が食べるのは、いいんだよ。私のなんだから、どうしようと、私の勝手！」

「うん、なんかサラリと危険思想っぽいのが気になりますが。将来最低の母親になりそうな空気を若干《じゃっかん》感じましたが」

「とにかく！　皆は被害者《ひがいしゃ》じゃないから、そんな暢気《のんき》な態度なんだよ！　もっと真剣《しんけん》に犯人捜《さが》してよ！　私のカロリーがかかっているんだよ！」

「わー、モチベーション上がりづれぇー」

ギロリと睨《にら》まれてしまった。仕方ないな……。

「分かりました。とにかく、一旦座《いったんすわ》って下さい。話、聞きますから」

「む、むぅ……分かったよ」

会長はそう言って、ようやく着席してくれた。全員がやれやれと肩《かた》を竦《すく》める中、俺はメモ帳を取り出し、一応真面目《まじめ》に取り組んでいますよというアピールを会長にする。

会長はそんな俺の様子に、ぴんと背筋を伸《の》ばして、応対してくれた。

「よろしくお願いします、刑事《けいじ》さん」

「ええ、犯人は必ず捕《つか》まえてあげますよ、安心して下さい、お嬢《じょう》さん」

果てしなくだるいが、会長に付き合う。知弦さんや椎名姉妹《しいなしまい》は、ぽけーっと本気で興味無い様子で、こちらを見守っていた。……あんたら楽でいいですね。

「では会長、事件発生までの経緯《けいい》を、お願いします」

「うん、刑事さん。ケーキを食べようとしたら、なかったの。おしまい」

全然要領を得なかった。高校三年生を事情聴取《ちょうしゅ》しているとは思えない。

「もうちょっと詳《くわ》しくお願いします」

「イチゴの三個載《の》ったショートケーキで、クリームがね、ふわふわで、ピンク色のもあってね、スポンジのところも凄《すご》く美味《おい》し――」

「いやそこの描写《びょうしゃ》詳しくなくていいです。事件の状況を詳しく、お願いします」

「うんとね……。今日は……そうそう、朝五時に起きて、ねむねむしながらソファまでいって、パジャマのままでくてーんと横になったりして、そうしたらお母さんが起きてきて、朝食を作るお手伝いをしたんだよ。卵混ぜたの」

「うん、とても萌《も》える描写はありがたいのですが、出来れば、事件前後からお願い出来ませんでしょうか」

「危ない！　田中《たなか》がそう言って吉村《よしむら》を突《つ》き飛《と》ばす！　直後、田中の脇腹《わきばら》を弾丸《だんがん》が貫《つらぬ》いた。呻《うめ》き倒《たお》れる彼に吉村が駆《か》け寄《よ》ったその時、《組織》の男が彼らの傍《そば》にまで迫《せま》って――って、あ、これ別の事件だ。ごめんごめん」

「いやいやいやいやいや、なんですかその事件！　会長、今日ケーキ事件なんかより、よっぽど物凄《ものすご》い事件目撃《もくげき》してますよねぇ!?」

「そんなことより、ケーキだよ！」

「ケーキなんかより、そっちの事件ですよ！」

「……杉崎。事件に、大きいも小さいも無いんだよ？」

「あると思います！　刑事ドラマの言葉には反してしまうかもしれないけど、俺は今、事件に大きいと小さい、あると思います！」

「大丈夫《だいじょうぶ》だよ、杉崎。そっちの事件の方は――」

「あ、もう解決済みなんですか？　そうですよね、そんなリアル事件、既に警察が――」

「《組織》のおじさんに、『お嬢ちゃん、このことは警察に言わないと、約束できるね？』と、銃《じゅう》を突きつけられながら言われたから、いいんだよ……触《ふ》れないで……」

「解決してねぇ――――――！　むしろ会長めっちゃ巻き込まれてますよねぇ!?　なんかとんでもない事態に巻き込まれてますよねぇ!?」

「そんなことより、ケーキだよ！」

「絶対違《ちが》いますよ！　ケーキ事件より、ずっとトラウマ要因じゃないですか、そっちの事件！　なんでスルーしてるんですかっ！」

「だって夢の話だし……」

「夢かよっ！　なんなんですかっ！　じゃあなんで話したんですかっ！　ややこしい！」

「杉崎が詳しく聞きたがったんじゃない！」

う、確かに。

「こ、こほん。すいません、脱線《だっせん》しました。とにかく、では、ケーキ事件の概要《がいよう》をお願いします」

「うん。えーとね、今日生徒会室の目の前で、購買《こうばい》部のおばちゃんから、ショートケーキを一つ貰《もら》ったんだよ。なんかのお裾《すそ》分《わ》けって言ってた。くりむちゃんには日頃《ひごろ》お世話になってるから、特別ねーって」

「ふむふむ。ケーキは、生徒会室来る直前に貰ったと」

「うん。それで、お皿にケーキ載《の》せて貰って、それを一旦生徒会室に、落とさないようにそぉっと運んだの」

「その時生徒会室に人は？」

「いなかったよ。今日鍵開けたのも私だもん。鍵開けてる時に、ケーキ貰ったの」

「ふーむ。それで、会長はすぐケーキを食べなかったんですか？」

「うん、当然食べようと思ったんだけど、飲み物が欲しいなと思って、ジュースを買いに行ったの。そうして、生徒会室に戻《もど》ってきたら……」

「ケーキが、無かったと」

こくりと頷《うなず》く会長。うーん……ここまでの証言じゃ、なんとも言えないなぁ。

会長が「それより」と話を続けてくる。

「私が帰ってきたら、もう皆揃《みんなそろ》ってたけどさ。私が出た後に来たのは、誰が一番最初だったの？　その人が絶対犯人だよ！」

「一番最初？　さあ……俺が来た時には、既に知弦さんも椎名姉妹も居ましたけど」

「じゃあ誰⁉」

ぐわっと会長が知弦さんと椎名姉妹を一人ずつ睨み付ける。彼女達は「誰って……」とお互《たが》い顔を見合わせ、そして、まず知弦さんが手を上げた。

「私かしらね。私が来た時は、生徒会室に誰も居なかったし……」

そう彼女が告げた瞬間《しゅんかん》、会長はがっくりと肩を落とした。

「そんな……親友が犯人だったなんて……。うぅ、信じてたのにぃ！　知弦ぅ！」

「いや、普通《ふつう》に疑ってたじゃないアカちゃん」

「なんで！　なんでこんな卑劣《ひれつ》なことをしたの！」

「もう完全に犯人扱いね。アカちゃん、絶対元々信じてくれてなかったでしょう」

「言い訳は聞きたくない！」

「言い訳っていうかね。あのね、アカちゃん。私は最初に来ただけ。ケーキなんか食べてないわ。というか、そんなのが生徒会室にあることさえ知らなかったわ」

「う、嘘《うそ》だぁ！　知弦は、嘘をついているんだぁっ！」

会長がごねる中、俺はまあまあと彼女を窘《たしな》めて、知弦さんの話を聞く。

「でも、机の上にケーキ置いてあったら、流石《さすが》に目が行くでしょう？」

「そうね。でも無かったもの。机の上に、ケーキ」

「無かった？　その時点で？　知弦さんが来るより前に犯行が行われたということでしょうか……」

「あ」

そこで会長が、唐突《とうとつ》に声を上げた。

「どうしました？」

「うん……あのね。いつ来ても、机の上にケーキは、無かったと思うよ。私ジュース買いに行くとき、ケーキ隠《かく》そうと思って、自分の椅子《いす》の上に置いていったから」

「あー、だから誰《だれ》もケーキ見てねぇのか」

深夏《みなつ》が納得したように言う。成程《なるほど》。普通、言われなければ、会長の椅子の上にケーキがあるなんて思わないな。机が死角になって見えないのは勿論《もちろん》、そこに注目する理由も無い。

つまり……。

「アカちゃん。私は誰も居ない時に生徒会室に来たけど、それだけよ。ケーキの存在さえ知らなかったのだから、手の出しようがないわ」

「うぅ……そんな証言、信用ならないよ！　名探偵《たんてい》クナンの目は誤魔化《ごまか》せないよ！」

「何その毎回苦しいトラブルに巻き込まれそうな名探偵。まあ確かに、証言の裏付けは無いけど……」

知弦さんと会長のやりとりに、真冬ちゃんがそぉっと手を上げて、「あの～」と発言する。すると、会長はぐわっと鬼《おに》の形相でそちらを睨み付けた！

「なに⁉」

「ひぅ。……えと、あの……この段階で言うのは、大変心苦しいのですが……」

「なによ！　今は誰も居ない生徒会室に居た知弦が限りなく怪《あや》しいのだから、余計な口出ししないで――」

「いえ、あの、真冬も、生徒会室一番乗り……だったと、思うんですけど」

『はい？』

俺と会長の声が重なる。戸惑《とまど》う俺達に、更《さら》に、隣《となり》の席から追い打ち。

「ああ、あたしも一番乗りっちゃ一番乗りだったと思うが。あたしが来た時、生徒会室、誰も居なかったから」

『はい？』

うん……なにやら事態が、どんどんややこしい方向に進んでいる気がしてきた。なんだよ……なんでこんなどーでもいい事件が、入り組むんだよ……。テキトーに犯人割り出して、さっさと終わらせようよこの話題……。

俺が頭を抱《かか》えていると、会長が「待った！」と大きく発言する！

「証言の意味が分かりません！　詳しい説明をお願いします！」

「だから、あたしも一番で、真冬も一番、知弦さんも一番だったというわけさ」

「異議あり！」

ばんっと会長が机を叩《たた》いて立ち上がる！　あー、なんかボルテージ上がってきちゃっているよ。そして、なんらかのゲームの影響《えいきょう》をありありと受けている気がするよ。

「その証言には『ムジュン』があります！」

「でも事実だからなぁ」

「ぬぬぬ……完全に論破されたよ」

「いやいやいやいやいや、全然されてないですから会長！」

まったく議論になってなかった！　なんでそんな単純な『ムジュン』も指摘《してき》出来ないんですかっ、会長！

俺は見ていられないので、助け船を出す。

「いや深夏、真冬ちゃん。正直俺も意味分からないんだが……その、全員が一番だとかいう、緩《ゆる》い運動会みたいな話」

「と、言われてもなぁ」

深夏がぽりぽりと頭を掻《か》きながら、困ったように真冬ちゃんを見る。真冬ちゃんもまた、「そうですねぇ」と説明に困った様子だった。

「えと……まず真冬の行動を説明させて貰うと。真冬が生徒会室に来た時、そこには本当に誰も居なかったのですよ」

「異議あり！　その証言は、ええと……なんかとムジュンしていると思います！」

会長がゆっるゆるの指摘を繰《く》り出す。仕方ないので、補足。

「俺もそう思うよ、真冬ちゃん。さっきから最初に来たと主張しているはずの、知弦さん、居なかったの？」

「はい、居なかったです」

「あら、それはおかしいわね」

真冬ちゃんの発言に、知弦さんがちょっとピリッとした様子で食いつく。……なんだなんだ。ケーキ事件、ものものしくなってきたぞ。

「私は真冬ちゃんに会ったわよ？　私が生徒会室でボーッとしていたら、後から来たじゃない、真冬ちゃん」

『ええー！』

俺と会長はもう全く話についていけなくなり、唸《うな》る。なんだこれ。なんで証言が食い違《く》うんだよ。

あまりの意味分からなさに、会長は、ルーズリーフに不思議な表を書き出した。

「知弦の証言……×　真冬ちゃんの証言……×」

「なにしているんですか、会長」

「日曜日の新聞とかについてくる、推理クイズの要領で考えようとしたんだよ！……もう躓《つまず》いたけど」

「いやいや、会長。この事態はアレですね。最早《もはや》、京極○彦の世界ですね。きっと、真冬ちゃんには、知弦さんが意識の外で見えてなかったとか、そういう系のトリックなんですよ、これは。深いですよ……」

「むむむ、ケーキ事件、まさかの本格ミステリ化だよ……」

会長と二人で唸り合っている間に、しかし、当人達の間では割とスムーズに話が進んでしまっていた。

「あ。紅葉《あかば》先輩《せんぱい》。それは、真冬が二度目に生徒会室に来た時の話ですよ」

「二度目？」

「はいです。真冬、生徒会室に来たはいいのですけど、まだ誰も集まってなかったですし、だったらちょっとおトイレ行ってこようかなと思って、一回生徒会室を出たのです。そうして戻って来たら、紅葉先輩がいらっしゃいました」

「ああ、そういうことね」

『………』

「あら。どうしたの、アカちゃん、キー君。なんかつまらなそうな顔して」

『いえ、べつに』

全然本格ミステリではなかった。ちぇっ……なんだよなんだよ。折角盛り上がって来たところだったのにさ……。

俺は少しふて腐《くさ》れながら、続ける。

「じゃあ、深夏のもそういうことか？」

「ああ、多分そうだな。あたしが来た時も誰も居なかったぜ。んで、今日中に担任に出さなきゃいけないプリントがあったのを思い出して、慌《あわ》てて職員室行って、戻って来たら、真冬と知弦さんが居た」

「で、それから俺が来たと。なるほど、つまり……」

俺の呟《つぶや》きを、会長が継《つ》ぐ。

「杉崎以外の全員に、犯行が可能だったということだよ！」

「うわー、面倒臭《めんどうくせ》ぇ」

こんなに議論したのに、容疑者が全然絞《しぼ》られなかった。なんなんだよケーキ事件……こんな小さい事件のクセに、入り組んでんじゃねえよ……。

会長自身、段々面倒臭くなってきたのか、ヤケになった様子で叫《さけ》び出す！

「じゃあもうここは公平に、三人とも犯人ということで！」

「ちょっと待ちなさい！」「待って下さい！」「待てよ！」

案の定、三人から反論を受ける。しかしそれにぎゃあぎゃあと勝手な理論で応じる会長。それには流石の三人もボルテージが上がり、更に反論に次ぐ反論を……もう、生徒会、ぐっちゃぐちゃだった。なんやねん、ケーキ事件。

もう正直こうなってくると収拾がつかないので、どうしたものかとボーッとその様子を見守っていると……不意に、ガラガラと戸が開いた。全員の視線が、そちらに向かう。

そこには……。

「おー、今日も騒々《そうぞう》しいなぁ、もぐもぐ。まあ私は横でパン食っているから、テキトーに……」

『最有力容疑者居たぁ――――――――!』

「?」

というわけで、食い意地の張った身勝手顧問《こもん》……真儀瑠紗鳥《まぎるさとり》その人が、とてもいいタイミングで、生徒会室にやってきた。

＊

「ん、ああ、食ったぞ、ケーキ」

そんなわけで、犯人は悪びれる様子もなく、あっさり自供した。全員がガックリと肩《かた》を落とす。会長でさえ、最早怒《おこ》る気力を失っていた。

知弦さんが、疲《つか》れた様子で呟く。

「考えてみれば、そうよね……。最初からそうだったのよ。トリック云々《うんぬん》以前の問題で、こんな事件起こしそうな人間なんて、真儀瑠先生ぐらいだったのよ……」

「そうだぜ……影《かげ》が薄《うす》いから、すっかり候補からハズしちまってたぜ……」

「ふらっと生徒会室に来て、そこにあるケーキを勝手に食べる。考えてみれば、どんぴしゃで真儀瑠先生の行動パターンですよね……」

「うぅ、皆《みんな》ごめんね……最も疑うべき人を、完全に忘れてたよ」

「まあ、真儀瑠先生ですからね……」

俺達の力ない呟きに、真儀瑠先生は焼きそばパンを食べながら、「ん?」とこちらを向く。

「そんなに褒《ほ》めるな。照れるぞ」

『褒めてないっ!』

「おおう!? ど、どうしたお前達。たかが桜野《さくらの》のケーキ食ったぐらいで、いくらなんでも、そこまで怒らんでも……」

まあ、確かにその通りなのだが。なまじ議論が白熱してしまった分、俺達のボルテージも上がってしまっていたのだ。

会長が「はぁー」と机に突《つ》っ伏《ぷ》す。

「私のケーキぃ……うぅ。残念だけど、なんか先生に食べられたと思ったら、怒《いか》りより悲しみが大きくなってきたよ……」

「まあそうですね。なんか、意外でもなんでもない犯人って、こう、こっちが気をつけてなかったのが悪いみたいな、天災と同じようなテンションになりますよね……」

全員で、最悪の顧問を見つめて、溜息《ためいき》をつく。

先生はと言えば、少しムッとした様子で、「なんだよ……」といじけていた。

「そんな、桜野のケーキを一口食ったぐらいで大袈裟《おおげさ》な……。全部食ったわけじゃあるまいし」

『!?』

今……なんて言った、この人。生徒会室が、再び、俄《にわか》にざわつき始める。いや、ざわついているというよりは、背景に『ざわざわ』表記が出ている感じか。

「真儀瑠先生……今、なんと?」

ごくりと唾《つば》を飲み込みながら訊《たず》ねる俺。先生は、「ん?」とソースを口の端《はし》につけながらこちらを見て、返す。

「生徒の幸せこそ、私の、幸せだ、と」

「いや言ってないでしょう、そんないい台詞《せりふ》！　サラッと嘘《うそ》つくなっ！」

「そうだったか？　じゃあ……『夢にときめけ！　明日《あした》にきらめけ！』だったか」

「だから言ってないですって、そんな熱い台詞！　あんたあの熱血教師さんとは完全に真逆のキャラでしょう！」

「そう言われてもな……実際、何気ない発言なんて、覚えてないもんだぞ」

「ほら……会長のケーキをっていう……」

「ああ、桜野のケーキを盗《ぬす》んで、杉崎に渡《わた》したという話か」

「そんな話じゃねぇぇえ！　って、あんたが変なこと言うから皆が凄《すご》い視線で俺を見ているじゃないですかっ！　なんで俺を一気に最有力容疑者に押し上げたんだよ！」

「いや、面白《おもしろ》いかなと思って」

「そういうのいいですから！　ちゃんと、さっき言ったことを、繰《く》り返して下さい！」

「いや、面白いかなと思って」

「そこ繰り返すなっ！　ああ、もう、だから！　ケーキはどれだけ食べたんですかっ⁉」

「だから、一口だって。それぐらいならバレないと思ったし、バレても、許して貰《もら》える範《はん》囲《い》だろうって思ったんだよ」

『⁉』

役員全員が息を呑《の》む。……一口しか……食べてない？

「会長……ケーキは、完全に、無くなってたんですよ……ね？」

「う、うん……一口食べられただけだったら……怒るけど、私だってここまで大事にしないよ」

「ですよね……ということは……」

俺の言葉を、知弦さんが、生唾《なまつば》を飲み込んでから、継ぐ。

「犯人は……他にも、居る！」

『！』

生徒会室に漂《ただよ》う、不穏《ふおん》な空気。ケーキ事件、まさかの二転三転だった！

真儀瑠先生はよく状況《じょうきょう》が分かってないようで、一人、ぽけーっと焼きそばパンを頬張《ほおば》りながら喋《しゃべ》る。

「ん？　よく分からんが、私以外にもケーキ食ったヤツ居たという話か？」

「ええ……そうです」

「だったら、それは私が生徒会室を去るのと入れ違《い》《ちが》いになった、あの人物以外――う！」

「ど、どうしました⁉」

真儀瑠先生が何かとんでもなく重要なことを証言しようとした矢先、唐突《とうとつ》に、脂汗《あぶらあせ》を掻《か》いてその場に蹲《うずくま》る。全員で彼女の傍《そば》に駆《か》け寄《よ》ると、真儀瑠先生は普段《ふだん》の不敵な態度からは想像もつかないほど、青い顔をしていた。

「急に……気分が……ぐっ」

「だ、大丈夫《だいじょうぶ》ですか⁉　とにかく、今すぐ保健室へ！」

「ああ……ぐ、うぅぅ、なぜ急に……こんな……。この私が体調崩《くず》すことなんて……滅多《めった》に……あぐぅ」

「先生⁉」

「どうしました⁉」

と、室内とは言え思いきり騒《さわ》いでいたせいか、丁度廊下《ろうか》を通りかかったらしい保健室の三崎《みさき》先生が生徒会室に顔を出す。彼女は真儀瑠先生に駆け寄ると、先生の症状《しょうじょう》を確認した。

そして、真儀瑠先生は彼女の肩を借りて、立ち上がる。

「だ、大丈夫だ。心配するな……お前達……私は大丈夫……ぐっ……」

『先生！』

「これはいけない。すぐ保健室に行って休ませないと……」

「三崎先生！　真儀瑠先生は一体……」

「まだなんとも言えないけど……この症状、もしかすると……」

「もしかすると？」

「……い、いえ、今はまだなんとも言えないわ。ただ、皆、一応あの焼きそばパンには触《ふ》れないように」

「え」

「じゃあ、私達は保健室に行くから」

「あ、はい。よろしくお願いします」

全員で、真儀瑠先生を見送る。心配だが……残念ながら、俺達に出来ることは何も無い。

二人が生徒会室を去ってから、しばし静寂《せいじゃく》が室内を満たし……そして、ぽつりと、深夏が、呟《つぶや》いた。

「先生……ケーキ事件の重要証言をしようとした瞬間《しゅんかん》に倒《たお》れたぜ……」

それに、真冬ちゃんがごくりと喉《のど》を鳴らして、応じる。

「……もしかして、それって……」

「三崎先生のあの口ぶりも……なにか、様子が変だったし……これは……」

そこまで言いながらも、しかし先は流石《さすが》に言えない知弦さん。

しかし……誰《だれ》かが言わなければいけないだろう。

俺は……代表して、その恐《おそ》ろしい推理を、告げることにした。


「真犯人に……一服、盛られた……」


全員の視線が、さっきまで先生が食べていた焼きそばパンに向かう。生徒会室に、異様な緊張感《きんちょうかん》が走る！

そこで会長が……今までにないシリアスな顔つきで、思いきり、叫《さけ》んだ！

「ケーキ事件は……まだ、終わって無い！　大変な事実が、まだ隠《かく》されているのよ！」


……誰も。

もう、誰も、笑えなかった。

＊

真儀瑠紗鳥がケーキを食べて生徒会室を去った直後の、ある人物の行動

「急がないとっ！　ああ、まさか貰ったケーキが悪くなってたなんてねぇ。くりむちゃん、まだ食べてなければいいけど。

ん？　あら、真儀瑠先生だわ……ああ、生徒会の顧問《こもん》だったかしら。あ、どうもー、いつもウチのパン買ってくれてありがとうございますー。え？　あ、えーと、ちょぉっと生徒会室の方に用事ありまして……いえ、あの、なんといいますか……おほほほほ。

あ、ああ、先生、売れ残った焼きそばパン要《い》ります？　あ、はい、どうぞ。そ、そんなに喜んで頂けたら、光栄です。

はい、では……。

……ふぅ。まさか、悪くなってたケーキを回収になんて、購買部《こうばい》として先生には言えないわよね……。

お邪魔《じゃま》しまーす……と。……あら？　誰も居ないのかしら。ケーキも無いようだし。くりむちゃん、もう食べちゃったのかしら。ああ、どうしましょう。………。……？　あ

れ、これ……あったわ！　でもなんで椅子《いす》の上にあるのかしら……とにかく、良かった！　まだ全然食べられてないみたいだし――!?　大変！　一口食べたあとが！　ど、どうしましょう。くりむちゃん、何処《どこ》行ったのかしら！

と、とにかく、探しに行かないと！　っと、これ以上誰かが食べないようにケーキ回収して……と。さて、くりむちゃーん！　くりむちゃーん！」

＊

放課後、とある保健室の会話記録

「うん……これは、真儀瑠先生。完全に――」

「完全に……ぐ……一服盛られたんで……すよ……ね。犯人は……やはり、あの購買部の――くぅ、まんまとやられ――」

「完全に、ただの食べ過ぎですね」

「…………え」

「……先生。しっかりして下さいよ。あんな心配してくれている優《やさ》しい生徒達の手前、まさか教師が食べ過ぎで倒れたとは言いづらくて、咄嗟《とっさ》に焼きそばパンに何かあるような態度をとってしまいましたが……本当、しっかりして下さい」

「……あ、あの、えと、これ、せめて食中毒とかでは……」

「ないですね。貴女そんなに繊細《せんさい》な体してないですよ。ただ純粋《じゅんすい》に、食べ過ぎです」

「…………」

「ここでしばらく寝《ね》たら、自分で帰って下さいね。こっちも、あんまり暇《ひま》じゃないんで」

「……すいませんでした」

＊

生徒会室の、その後
「この焼きそばパンに……毒が……」
「触《さわ》らないで、アカちゃん！　駄目《だめ》よ！」

「ひぃ！　や、やっぱりそうなんだね。……ん？　知弦、いくらなんでも、毒が入ってい
る疑いがあるってだけで、そんなに焦《あせ》るなんて……。まるで毒入りだと確信しているよう
に……！　まさか知弦が、毒を入れたの!?」
「ち、違うわアカちゃん。そんな、心外よ！　そ……そうよ、そういえば、深夏が生徒会
室来た時、口の横にクリームつけていた気がするわ、うん」
「な、なんだよ知弦さん！　酷《ひで》ぇ！　あたし、そんなの全然——」
「そ、そういえば真冬も、お姉ちゃんから甘い匂《にお》いがしていたような……」
「真冬まで！　あ、あたしは昼買ったクリームパンを生徒会室に来る直前に食ったから、
それだろ！」
「い、今更《いまさら》そんなこと言い出すなんて……深夏！　怪《あや》しい！」
「違《ちげ》ぇって！　あたし犯人じゃねえって！　そ、それより、こうなってくると、最初から
大した理由も無く容疑者外れている鍵《けん》こそ怪しくねぇか!?」
「な、なんだよその飛び火！　お、お、俺は、生徒会室に来たのが一番最後で……」
「嘘《うそ》です！　真冬が来た時、先輩《せんぱい》のカバン、あった気がします！」
「うっ！　そ、そんなこと……決して先に来てちょっと生徒会のパソコンでエロゲの続き
やったりなんか、してないョー」

「ここにきて杉崎まで！　もう……もう、生徒会全員が、怪しいよ！」

「そんなこと言って、実は会長の、自作自演なんじゃないですかっ！」

「むきゃぁー！　言っていいことと悪いことがあるよ！」

「会長だって、人を疑いすぎなんですよ！」

『うきゃぁ────────────────！』


……というわけで。

帰って来た購買のおばちゃんと、快復した真儀瑠先生により真相が明かされるこの日の深夜まで、生徒会の醜悪《しゅうあく》な争いは続きましたとさ。

…………今回ほど、会長の名言が身に染みた回はなかったです、はい。

【聖戦】

大切なモノは失って初めて気付く。そんなありふれたセリフの大切さこそ、本当に自分が大切なモノを無くして、初めて、気付いた。

「ああ……あぁ……」

喉からは、最早《もはや》呻《うめ》き声《ごえ》しか出て来ない。

絶望。

そう、これが、絶望。

碧陽《へきよう》学園生徒会副会長。高校二年生。十七歳《さい》。男子。杉崎鍵《すぎさきけん》。

ガムシャラに努力を続けてきた、男。

しかし。

「うぁ……くぅ…うぁぁぁ」

こんな絶望を受け止められるほどの器《うつわ》では、残念ながら、無かった。

どうしようもない現状の前に、心は悲しみの沼《ぬま》に沈《しず》み込み、最早一筋の光さえ見失った。

森羅万象《しんらばんしょう》、何もかもが、悔《くや》しかった。

この感情を後悔《こうかい》と呼ぶのならば、俺は、今まで後悔なんてしたことはなかったとさえ言える。

「はぁはぁ……はぁはぁ……」

あまりの自分の不甲斐《ふがい》なさに、息苦しささえ覚える。死にたい、なんてものではない。

こんな失態を犯しておいて、未《いま》だに《自分》が存在することに、耐《た》えられない。

動けない。

動くことも、許したくない。

自分という存在が、許容出来ない。

生命活動どころじゃない。存在が、有り様が、過去が、何もかもが、許せない。

「畜生《ちくしょう》……畜生！」

その怒《いか》りは、自分に向けたものでさえなかった。自分に関《かか》わる全て。果ては、自分という存在を許容した、この世界への憎悪《ぞうお》にまで繋《つな》がっていた。それは暗い……黒い……底なし沼のような、深い、憎《にく》しみ。

なぜだ。
なぜだ。
なぜ……。
なぜ……俺はっ！
「お気に入りのエロゲのシリアルコードを、無くしたんだ――――――！」
俺、杉崎鍵、十七歳、深夜、自宅にて。
現在、昔やった名作エロゲの回想が見られず、深い絶望の淵《ふち》に居ます。

＊

「くそっ！　なんでだっ！　なんでシリアルコードを記したハガキが無いんだよ！」

ひとしきり絶望しきった俺は、再び、荒《あ》らしに荒らした部屋の捜索《そうさく》に戻《もど》っていた。一時間前から行動が完全にループしている。絶望し、後悔しては、根拠《こんきょ》の無い希望を抱《いだ》き、捜索し、再び絶望する。しかしずっとこんな明らかに『不毛なこと』をしているからこそ、この行為《こうい》を『不毛に終わらせたくない』という感情は膨《ふく》らんでいき、結果、深夜、引き返せない状況《じょうきょう》になってしまっていた。

「ああ、もう！　昔の俺のアホ――――――――――――――――！」

おかげで、さっきから自責の念がハンパ無い。下手すると、高校入りたての、生徒会メンバーと出会ってない頃《ころ》の自分より荒れているかもしれない。

とにかく、自分への苛立《いらだ》ちが収まらない。そして燻《くすぶ》ったままのエロ心も収まらない。

「あぁ！」

頭をくしゃくしゃっと掻《か》き毟《むし》り、一度落ち着くために、パソコンの前の座椅子《ざいす》に着き、モニターを眺《なが》める。そこには数時間前より相変わらずの表示。

《付属のシリアルコードを入力して下さい》

「…………」

無駄《むだ》な足掻《あが》きだと分かりつつも、適当な英数字を入れてみる。……何もならない。

「くっそ……まさかこれが、シリアルコード入れるタイプだったとはな……完全に失念していたぜ」

背もたれに体重を預けて、天井《てんじょう》を仰《あお》ぎ見る。

そもそもエロゲっていうのは、大体のゲームが、コンシューマーのそれと違《ちが》い、一度ディスクからパソコンに入れてしまえば、あとはソフト自体を入れてなくてもプレイ出来るものが多い。

そこに、時折ディスクを入れて認証を受けなきゃプレイ出来ないのもあるのだが、それだって、ちょっと手間ではあるが、ちゃんとディスクを保存している俺ならば、問題なくプレイ出来るのだ。

しかし。

本当に少ない、稀《まれ》なケースではあるのだが……ごくたまに、インストール後の初回起動時に、パッケージに同梱《どうこん》されたハガキに記された「シリアルコード」を打ち込まなければ、ゲームを起動出来ないケースがある。違法《いほう》ダウンロード対策の一環《いっかん》だ。

ただ、これだって、ちゃんと購入《こうにゅう》してプレイしている俺からすれば、本来は何も問題無い機能なのだ。少々面倒《めんどう》だが、言われた通り、ハガキを見てコードを入力すればいいのだから。

何も問題無い。無いはずだった。……従来ならば。

「……このゲームやったのエロゲ始めた初期も初期だし、その直後、親のお下がりパソコン貰《もら》って、そっちに移行しちゃったんだよなぁ……」

つまり。今のこのパソコンでこのゲームをやりたいとなると、再びインストールし直さなきゃいけなかったわけで。ちゃんとディスクを持っている俺は、当然、インストールまでは上手くいった。ゲームのセーブデータに関しては、別途《べっと》保存しておいたから、それも問題ない。

しかし。

新たにインストールした場合、初回起動時にシリアルコードを入れなきゃいけないのを、失念していた。

もうお気づきだと思うが。

ゲームを買ったばかりでもない現在、俺は、ディスクこそあれど、シリアルコードが記されたハガキを、紛失《ふんしつ》してしまっていたわけで。

つまり。

「ここまで……ここまで来て、なぜに、ゲームが出来ないかぁああああああ!」

正規ユーザーなのに！　ソフトも持っているのに！　長かったインストールも終わった

のに！　なんで！　なんでゲームが出来ない！　理不尽《りふじん》だろう！

　座椅子の上で、足を伸《の》ばしてジタバタと悶《もだ》える。

……エロゲをやらん、「ゲームぐらいで何をそんなに……」とか思っているヤツ！　もし居たら、そこに直れ！　お前……ふざけんな！

　昔やったエロゲの回想を急に見たくなった、エロゲユーザーの昂《たか》ぶりをなめんな！　今は「そういう気分」なんだ！　もう、心がそっちに固まっちゃったんだ！　こちとらなまじインストールが成功しているだけに、完全に、直前におあずけ喰《く》らっている状態なんだよ！

　エロゲやらんヤツは、AVやアダルト雑誌に置《お》き換《か》えろ！　それも見ない聖人君子や女性は……じゃあ、ご飯で考えろ！

「べらぼうに美味《うま》い豚骨《とんこつ》ラーメンを出す」と評判の店に行く予定が数日前からあって、楽しみに楽しみにしており、当日は人気のその店の長蛇《ちょうだ》の列に並び、いい香《かお》りもしてきて、お腹も本気で減ってきて、さあ、いよいよ次が自分の番だというその時、店主が出て来て「すいません、今日は終わりでーす」と宣告された……という状況を想像しろ！　それだ！　今の俺が、まさに、その状態なんだ！

　その日の食事、他のテキトーなもので代替《だいたい》出来るか⁉　同じラーメンでも、他の店の普《ふ》通《つう》の豚骨ラーメンで満足出来るのかよ⁉　出来ないだろ⁉　不満だろ⁉　納得いかないだろ⁉　そういうことなんだよ！

俺は、他のエロゲじゃなくて、今、これがやりたいの！　そういう、心持ちだったの！

「あー！　もう何時間生殺し喰らってんだよぉ――――！」

《シリアルコードを入力してください》というダイアログを睨《にら》み付ける。くそ……くそっ！　いいじゃん！　そんなのいいじゃん！　俺は正規ユーザーだよ！　ほら、ディスク見ろよ！　正規品だろ⁉　ナンバーなんか無くたって、見りゃ分かるじゃないか！

しかしパソコンに「融通《ゆうずう》を利《き》かせろ」と言っても無理な話だった。どんなボタンを押したって、なんにも、状況は進展しない。

「うう……どうしてもやりたいったって、公式サポートはなぁ……」

そう。エロゲにおいてこういう問題は俺だけに限ったことじゃない。シリアルコードを紛失した場合、公式サポートに連絡《れんらく》をすれば、またナンバーを記したハガキを送り直したりしてくれるのだ。

しかし。二つの理由で、俺は、もうそれを却下《きゃっか》せざるを得なかった。

まず、第一の理由。

「俺は……今、このエロゲが、やりたいんだぁ――――――――！」

そう、気分の問題だっ！　エロい気分は生モノ！　タイミングを逸《いっ》したら、もうどうでもよくなることは目に見えている！　公式サポートに連絡して数日ハガキの送付を待つなんて、そんなの、全く無意味！　俺は、あくまで、今、コレが、やりたいんだ！

……まあ、そういう、俺の側の問題以前に。二つ目にして最大の理由として、そもそも、公式サポートが機能してないということがあるのだが。

エロゲ業界は激戦業界。

移り変わりの激しい世界。新規ブランドが名乗りをあげては、一作二作……下手すれば何も発売せぬまま、消えて行く。

何が言いたいかと言うと。

……ゲームの公式ホームページが、消えていた。ブランドのHPも、閉鎖《へいさ》しておりました。つまり……完全なる行き止まり！　終わった！　俺、オワタ！

だからこそ、残る手段はただ一つ。

紛失してしまったシリアルコードを、部屋から、探し出すこと。

「……ああ、俺はなんでキミをぞんざいに扱《あつか》ってきたんだろうな……。ごめん……キミが大切だってことに……失って、初めて、気付くなんて……」

あまりの後悔《こうかい》にむせび泣く。ああ、シリアルコード……キミは一体、いずこへ……。

＊

「ふぅ。まあ落ち着け。クールになれよ、杉崎鍵」

数十分おきに波のように来る「冷静タイム」を迎《むか》え、俺は、改めて思考を開始した。

「確かにシリアルコードが書かれたハガキは紛失しやすいモノだが……かといって、この俺が、捨ててしまうような事もないハズだ。だったら、部屋のどこかにあるのは、自明の理。広い部屋でもないんだ。ゆっくりやりゃあいいのさ」

そう呟《つぶや》き、タバコをくゆらせる……ような、動作。実際には手元にあったボールペンを指で挟《はさ》んでいるだけだが。こういうのは、気分の問題だ。完全なる偏見《へんけん》だが、有能でハードボイルドな探偵《たんてい》はタバコを吸っている気がする。

さて……推理だ。

まず、ハガキがあるであろう最有力候補は、パッケージの箱の中だった。チラシや取り扱い説明書と一緒《いっしょ》に、普通はそこに保存しておく。だからこそ、俺も最初に箱を確認したわけだが……。

「………ふぅむ」

ちらりと、脇《わき》に置かれた、中の仕切りさえも完全にバラした箱を確認する。……そう、どんなに探しても、この中に無かったことが、この迷宮に入り込んでしまったそもそもの原因である。

エロゲユーザーなら納得するだろうが、ここに無ければ、もう、何処《どこ》に行ったか見当もつかない。最有力候補も候補、九割方ここにあるだろうと確信していたのだ。それがハズれたとなれば、俺の動揺《どうよう》も仕方ないというものだ。

「うーむ……ディスクと同じように別途保存した……のか？」

ここで多少補足しておくが、俺は基本、ディスクはパッケージに戻さず、別のCD用バインダーに一括《いっかつ》して保存している。頻繁《ひんぱん》に箱を開け閉めするのは面倒だし、一枚一枚ケースで保存すると場所を取るし。その考え方でいけば、シリアルコードを書いた紙も、どこかにまとめてあるのかもしれないが……。

「そんな覚えはないんだよなぁ……」

呟きながら、書類関係を纏《まと》めたパルプの収納ボックスを確認したりするも、収穫《しゅうかく》なし。出てくるのは家電の取り扱い説明書やら買った覚えのない不思議なキーホルダーばかりだ。

「俺は何を思って、『KEN　SUGISAKI』と彫《ほ》られたメダルなんぞ購入したんだ

「……」

ボックスを探《さぐ》れば、どうでもいい思い出の品が出土するわするわ。改めて、自分という人間に辟易《へきえき》してくる。

「誰《だれ》だこれ……」

ヒゲモジャの、とんでもなく濃《こ》い顔した外国人さんが汗《あせ》しぶきを振《ふ》りまきながらシャウトしているジャケットのCD。タイトルは「DONBURI!」。どういうことなの……。

他にも次々と出てくるわ、記憶《きおく》にない物品。

「3」「5」「9」と一つずつ数字の書かれた不思議なパネル。プラスでもないマイナスでもない、口では形容しがたい先端《せんたん》形状のドライバー。胸を撃《う》ち抜《ぬ》かれてシャツを血で染めながら絶望的な表情をしている成人男性……の、ストラップ。マッコデ○ックスのブロマイド写真。元は何に入っていたんだか最早《もはや》想像もつかない、小型リチウム電池。表面のシールがマジックで塗《ぬ》りつぶされ、タイトルが分からないゲー○ボーイアドバンスのソフト。

「南に9、西に8、BBAALR」と記された古いメモ。更《さら》には、謎《なぞ》の小骨まで!

「脱出《だっしゅつ》系ゲームかっ!」

発見される全てのアイテムが謎すぎて、最早自分でも説明がつかない有様だった。数字のパネルとか、部屋のどこかに嵌《は》めたら小箱の鍵《かぎ》でも手に入るんでしょうか。

「これは、シリアルコードが、謎を解かないと手に入らないパターンなのか？」

そうでも考えなきゃやってられない、意味不明さだった。

「ネッシーキーホルダーやグレイストラップなんかは、完全に飛鳥《あすか》関連だろ。んで……うん、この『松岡《まつおか》○造金言集』とかいう小冊子は、確実に深夏《みなつ》に押し付けられた物だ」

説明がつくものはつくもので、また、微妙《びみょう》なものばかりだった。俺の周囲の女性の趣味《しゅみ》は、どうしてこうまで偏《かたよ》る。

いくら探しても不思議で不要な品が出土するばかりなので、ボックスの捜査《そうさ》を打ち切る。うん、ここにシリアルコードはない。ここにあるのは、昔の俺も扱いに困ったのであろう物ばかりだ。

一度座《すわ》り、再び捜査方針を検討する。

「となると……他にどこにある可能性が？　小物入れたボックスに無いとなると……いよいよ、選択肢《せんたくし》が無いぞ」

他に部屋にある主要な捜索《そうさく》ポイントなんて、本棚《ほんだな》、冷蔵庫、ゲームソフトを押し込んだカラーボックス、お菓子《かし》や乾物《かんぶつ》が置かれた棚《たな》、靴《くつ》入れ、クローゼット、それにキッチンや洗面所の下の、洗剤《せんざい》やらなんやらを押し込んだ収納ぐらいだ。……どこも、シリアルコードの見つかる可能性が低すぎる。

「いや……待てよ。……ふふふ、ここでチェス盤《ばん》をひっくり返すぜ！」

そこら辺に見えない魔女《まじょ》でもいるかのように……実際は誰にともなく宣言してみる。

「ここまで探して無いっていうことは、『可能性の低い場所にはあるわけがない』という先入観こそがいけないんじゃないか？」

ようやく探偵らしい発想に至る。そう、誰かが言っていた。ありえないなんて、ありえない。シリアルコードが冷凍《れいとう》されていることだって、あるかもしれない！

「よっしゃ！　片《かた》っ端《ぱし》から探すか！　捜査の基本は足だ！」

最早自分のキャラが名探偵なのか熱血刑事《けいじ》なのかも定まらないが、とにかく捜索。

まずは冷蔵庫から潰《つぶ》していくことにする。

ふむふむ、炭酸飲料にゼリーにプリンに野菜ジュースにコーヒーに栄養ドリンクに梅干しにキムチ、か。なるほど、ここから推理されることと言えば——

「この部屋の主の食生活は、偏っている！」

ばばーん！…………。……さて、次。冷凍庫。

アイス、冷凍パスタ、冷凍お好み焼き、冷凍したご飯、冷凍ピラフ。

「ふふふ、推理への確信がより深まったよ。どうやら完全に食生活がアレのようだな」

なぜか涙《なみだ》が出て来た。そして小腹も空《す》いた。

冷凍庫を長時間開けていると凄《すご》く不安になるチキンな俺は、ガサガサと手を突《つ》っ込《こ》んで一気に捜索する。と、冷凍庫の奥《おく》の奥、霜《しも》が積もって隠《かく》されていた部分から、見覚えのないものが出土した！　それは——

「ひ……ヒト○ゲさん!?」

某《ぼう》人気炎《ほのお》ポケ○ンさんの人形が、完全に氷漬《こおりづ》けになられておりました。

「な、なぜ……こんな……惨《むご》い……」

俺は愕然《がくぜん》とし、彼を救出してから冷凍庫を閉め、その場に崩《くず》れ落ちる。

「ヒ○カゲさん……あんた一体、いつからあそこに……」

考えると、涙が止まらなかった。凍《い》てついたヒトカ○さんは、冷たい体ながら、俺にニッコニコ微笑《ほほえ》んで下さっている。

「ああ……○トカゲさん。馬鹿《ばか》で愚《おろ》かな俺を、許しておくれ……うぅ」

……くぅ！

そうして、泣きながら彼を手でさすること十分。ようやく彼が人並みの体温を取り戻《もど》したところで、ミニタオルでくるみつつ、パソコンデスクに配置。暖房《だんぼう》の温度を２℃ほど上げて、改めて捜索に戻ることにした。

「恐《おそ》らくアイスとかのグッズでついてきてたんだろうな……。ごめんよ……」

謝《あやま》りつつ、気持ちを切《き》り替《か》える。彼のためにも……シリアルコードを、見つけなければ！　全く関係無いけどっ！

「しかし、ありがとう、ヒト○ゲさん。キミのおかげで、意外なところに、意外な物があったりするということを、改めて知ったよ」

少しだけ希望が湧《わ》いてきた。そうさ。この調子なら、シリアルコードだって、きっと意外なところに潜《ひそ》んでいるのだろうさ！

とはいえ、毎日中を見る冷蔵庫は、流石《さすが》にもう無いだろう。ならば……靴入れか。

「一応、物置も兼《か》ねているしな」

玄関《げんかん》の方に向かい、部屋に備え付けの靴入れを見る。この空間は、基本的に靴をそんなに何足も持っているわけじゃない俺にとって、ほぼ物置と化していた。冬には扇風機《せんぷうき》、夏にはヒーターがしまわれていたりする。

「古い本を押し込んだ段ボールが……あ、あった。あるとしたら、この中とかだよなぁ。

……うーん」

あんまり期待はしないものの、他には古着等があるだけなので、本入り段ボールだけ引っ張り出して部屋に戻り、開封《かいふう》作業に移る。しかし……流石昔の本。ごろごろ出てくる、相変わらず脈絡《みゃくらく》の無い作品達。

「なんで『ロト○紋章《もんしょう》』が四巻だけあるんだよ……」

そもそも実家に全巻揃《そろ》えてあったのは覚えているんだが……なんで四巻だけ持って来たんだよ、俺。バラモス○ンビが好きだったのだろうか。あ、『ダイの大○険』八巻もある。ドラゴン○エスト関連大好きだな、俺。どっちも名作だけどさ。

「あとは……アニメ化した機会に一気買い&一気読みした類の本か……」

アニメ化って聞くと気になっちゃうんだよなぁ、それまで興味無くても。その効果、まるでフ○ミ通の殿堂《でんどう》入りゲームソフト。

「……ん？　こ、これは！」

捜索を続けていると、そこは青少年の荷物、昔の俺が買ったのであろう、ちょっとしたエロ漫画《まんが》雑誌が出土！

「お、おお、中身は……！　お——驚《おどろ》くほど全然趣味じゃねぇぇぇぇ！　なんかグロい！　ガッツリだ！　大人のエロスの類だ！」

なんか熟女系のねっとりした感じのヤツだった！　驚くほど俺の琴線《きんせん》に触《ふ》れない！　俺は、ここだけの話、ライトで綺麗《きれい》で萌《も》えで淡《あわ》いぐらいのが好きなんだい！　買うエロゲも、純愛やラブコメばかりだしな！　二次元の萌えエロには一種の清潔さが重要だと俺は力説したいね！　完全に趣味の問題だけどね！　陵辱《りょうじょく》系もそれはそれでアリだけどね！

　そうは言いながらも、昔のエロ漫画雑誌を熟読する。

「まあしかし、人生最初に買うエロい物なんて、こんなモンだよな……」

　なんか中身は物凄《ものすご》いのに、妙《みょう》に読んでいて微笑ましくなる。その感情、アルバムを眺《なが》める時のそれと極《きわ》めて相似！　自分の青さ、若々しさ、幼さについ笑ってしまう。

「ま、『エロい物を所持している』ということが、重要なんだよな。実際中学の俺がこれでエロい欲求《よっきゅう》を解消はしていなかった気がするけど。でも、よく読んでた気がする」

　成長した俺でもドン引きする濃密《のうみつ》なエロさ（エロ過ぎてエロい気分にならないレベル）だから、中学時代の俺なんて、本気で意味分からなかっただろうに。なんかそんな自分を想像すると、少し恥《は》ずかしくなるとともに、やっぱり温かい気分にもなる。

「ふふふ……」

　ぺらぺらと無心になって雑誌を捲《めく》っていると、不意に、マナーモードのままポケットに入れていたケータイが震《ふる》えた。雑誌を捲りながら、通話ボタンを押して耳を当てる。

「もしもし」

『おう、もしもし、鍵か？』

　どうやら深夏のようだ。しかし今の俺の気持ちは完全にエロ雑誌の中にある。ほぼ無意識で、応対する。

「おう、何だ、こんな夜中に。珍《めずら》しいな」

『あー、わりぃ。いや、明日《あした》必要な教科書なんだったか忘れてさ。予定表のプリント、人に貸したままなの忘れてさ」

「明日必要なのは、国語と数学、英語だな」

雑誌を読みながら答える。……うわぁ、エロっ！　気持ち悪いほどエロっ！　こういう描写突《びょうしゃつ》き詰《つ》めると、ホント、グロと大差なくなってくるんだな――。

『お、そうか。サンキュな。……そういえば、鍵。お前、今はなにしてたんだ？』

「おう、エロゲ起動に手間取りつつ、濃密なエロ本読みながら、ニヤニヤしていた」

『そうか』

ぶつんと通話が切れた。？　なんだよ、深夏のやつ。急に切りやがって。失礼なやつだな。まったく、これだから最近の若者は……。不意に頭の奥《おく》のどこかで、ヒロインの好感度が著《いちじる》しく下がった時の効果音みたいなのが響《ひび》いた。なんなんだ。

ローテーブルの上にケータイを置き、そのまましばらく、エロ漫画を読み耽《ふけ》る。元々エロ目的で買っているせいか、話とか全然記憶《きおく》に無いからちゃんと読むと新鮮《しんせん》だ。

うん……やっぱり読み切り作品は、変に前座がシリアスで冗長《じょうちょう》なのより、分かりやすく
エロい方が面白《おもしろ》いなぁ……。

……。ふむふむ……。……あ、これちょっと好み。……うわ、たまにすげぇ雑なの
あるな……どうなってんだよこの体勢……。……ぐす、意外と泣ける話だ……。……

いやいや、こんな儀式《ぎしき》行われる村とかねぇよ！　あったら大問題だよ！……。……デコフ
ェチって、マニアックすぎるだろう……。……なにこの話、結局二ページしかエロパート
無いのかよ。…………。

「……ハッ！　やばい！　なにしてんだ俺！」

気付けば、雑誌を手にとってから三十分が経過していた。お、恐るべし、エロの魔力《まりょく》！

男子の集中力をごっそりもぎ取っていきやがる！

「俺はエロ雑誌なんか読んでいる場合じゃないんだ！　エロゲをやろうとしてたんだ！」

…………。

……いやまあ、本筋の方もエロ目的でしたね。なんか若干《じゃっかん》死にたくなったよ。

雑誌を段ボールに押し込み直し、宣言する！

「つい浮気《うわき》をしてしまったが、やはり浮気は浮気！　ここに心の奥底からの繋《つな》がりは無

い！　俺を満足させられるのは……やっぱり、あのエロゲだけなんだぁ！」

押し込んだエロ漫画が、「酷《ひど》いわ……遊びだったなんて……」と泣いているように見えた。やばい。完全にエロ漫画的思考に染まっているぞ、俺！

「と、とにかく、やはり漫画詰《つ》め合《あ》わせ段ボールにシリアルコードはない！　捜索終《そうさくしゅう》了《りょう》！」

というわけで、靴箱に段ボールを片付け、再び部屋に戻ってくる。

そこで、第二回一人作戦会議。

「しかしこうなると、本格的に希望が無くなってきたぞ……。いくら意外なところから見つかるケースがあるとは言え、キッチンやら洗面台やらってのは無いだろう……」

そうは言いつつ、軽く確認してみるも、やはり全然可能性は無さそうだ。

「なら、クローゼットか……？」

正直かなり疑問なものの、クローゼットの中を捜索。当然布類だらけ。シリアルコードを記したハガキなんてものが紛《まぎ》れ込む余地が無い。

「あれ、俺、こんなジャージ持ってたかな……全然趣味《しゅみ》じゃないんだが……。下手すると一度も着たことないんじゃ……」

出てくるのは、相変わらずの、どうでもいい物ばかり。うわ、なんだこのボッロボロの肌着《はだぎ》。どうしたらこうなるんだ。過去の俺、銃撃《じゅうげき》受けたりバッサリ斬《き》られたりでもしたのだろうか。そうでもしないと、この破れ方は説明つかないだろ。不思議だ……。これを後生大事に保存していた自分も、不思議だ……。

「あー！　こんなの見つけている場合じゃないんだよ！」

自分で自分にツッコミ、クローゼットを閉める。そのままの勢いで部屋を猛烈《もうれつ》に探し回るも……しかし、やっぱりハガキの出てくる兆《きざ》しはない。果てはベランダまで調べたが、全くもって見当たらない。

「これは……もう、無いな」

認めたくなかったが、認めざるを得ないようだ。無い。この部屋には、シリアルコードは、無い。

パソコン前の座椅子《ざいす》に戻り、ぐったりと背を預け、目頭を押さえる。エロい気分は依然《いぜん》として高まったままだが、流石に眠《ねむ》くもあった。

「諦《あきら》める……か？」

《シリアルコードを入力してください》というダイアログボックスを眺《なが》めながら、呟《つぶや》く。

…………。…………っ。

「くそっ、やっぱりシャクだ！　インストールも終わってるし正規ユーザーだしクリア済みのゲームなのに！」

諦めきれない！　エロ心の火は、そう簡単に消えちゃくれない！　それに、もう、ここまで時間と手間をかけたら、逆に引き返せない感じにもなっている！

「こんな所で泣《な》き寝入《ねい》ったら……俺の今日一日って、なんだったんだよ！」

…………。……いや、まあ、シリアルコード見つかったところで、かなり無為《むい》な一日だった気もするが！　そういう問題じゃないの！　男としての、意地の問題なの！

「考えろ……考えるんだ俺……なんで部屋に無いんだ……捨てた覚えもないのに……」

なぜだ。なぜだ。なぜだなぜだなぜだ！

…………。

！

「部屋に無い……捨てた覚えもない……だったら……そんなの……」

部屋の捜索を完全に終えたことで、思考が新しい方面へと向かう！　そして行き着く……当然の帰結！

「実家か！」

それしか考えられなかった。エロゲにハマッたのがこの部屋を借りてからだったから、実家とエロゲが結びつかなかったが。

「基本的に俺のパソコンは親からのお下がり……そして以前、このエロゲをやっていた時に使っていたパソコンは、今のこのパソコンを貰《もら》うにあたり、邪魔《じゃま》だし、実家に返却《へんきゃく》したはず……」

そう。それだけなら、シリアルコードとは関係ない。しかし……。

「思い出せ……俺は、あのパソコンで、このゲームをやっていたんだ……」

そして、あのパソコンを返却する際、周辺にあった取《と》り扱《あつか》い説明書関連もごっそりまとめて、一緒《いっしょ》に返した覚えがある。となれば！

「その中に紛れ込んでしまった可能性が高い！」

杉崎鍵に、電撃《でんげき》走る！

答えに行き着いたという直感。これが正解だという、絶対的確信！

「よっしゃ！　これなら——」

と、叫《さけ》んだところで。しかし、ハタと……テンションが、元に、戻《もど》る。

「これなら——どうするんだ？」

そう。ハガキは実家にある。それを確信した。それはいい。それはいいんだが……。

「…………それで、どうやって、ナンバーを確認するんだよ……」

がっくりと肩《かた》を落とす。正解に行き着いた。捜索していた物の居場所は見つかった。しかし……今度は、物理的に、手が出ない。実家は遠い。明日の登校までに直接行って確認して帰ってくるのはとても無理……というか、そんなことしていたら流石《さすが》にエロ心も冷める。ナンバーは、今知らなければ、価値がないのだ！

「くそう……どうしたら……どうしたらいいんだっ！」

悔《くや》しくて思わずローテーブルを叩《たた》く。——と、先程深夏からの電話を受けた時に置いたケータイが跳《は》ねた。

「……電話っ！　そうか、実家に電話をかけて——」

誰《だれ》に？　なんて？　こんな時間なのに？

「……親は無い。絶対無い。ならば……」

ごくりと唾《つば》を飲む。かけるのか？　あいつに……最近親交を取り戻したばかりの、あいつに？　こんな話題で？　マジで？　それは、こう、主人公の行動として許されるのかい？　読者にボロクソ叩かれそうな展開じゃないかい？「八巻は駄目《だめ》主人公過ぎて萎《な》えた」とか、アマ○ンレビューに書かれるんじゃ——

「ええい！　知ったことか！　俺は、俺のエロ心を、優先する！　リアル好感度なんて

「……このハーレム王、好きな時にいくらでも上げられるんだよ！」

というわけで、勢いで発信ボタンを押す！　手は既《すで》にぷるぷると震え始めていたが、もう、引き返せない。

永遠に続くのではないかという、長い長いコール音が……途切《とぎ》れる。

『……ふぁい。もしゅもしゅ。……すぎさき……りんご……です。じゅうろくさいです』

やべぇ！　可愛ぇ！　うちの義妹の寝起《ねお》き、電話越《ご》しでも可愛ぇ！

「おう、林檎《りんご》！　俺だ、俺！」

『ふにゅ……りんご、お金はあまり持ってません。ごめんなさい』

「いや、オレオレ詐欺《さぎ》じゃねえよ！　そして、詐欺相手なら謝らなくていいよ！」

『んにゅ？……おにーちゃん？』

「うん、ツッコミで気付かれる俺ってどうかと思うけど、そうだ。兄だ。お前の愛《いと》しの、兄だ」

『わぁーい』

「………」

うん、うちの義妹はこういう子だったな。生徒会相手なら確実にボロクソツッコミが入る場面だから、俺、ちょっと戸惑《とまど》ってしまったよ。

『………すぅすぅ』

「ごめん、寝《ね》るな、義妹よ！」

『ふぁい。もしゅもしゅ。すぎさき……りんごです。ごさいです』

「幼児退行するほど眠いとこ申し訳ありませんが、兄のお願いを、聞いて頂けませんでしょうか」

『いいよ。りんご、おにーちゃんのためなら、なんでも、する』

おおう、妄信的《もうしん》！　相変わらず重いぞ、義妹よ！　その心意気は有り難いがな！

『うでたてふせも、する』

「お前の中で腕立《うでた》て伏《ふ》せはそんなにイヤなことなの⁉」

『……すぅすぅ』

「ホントにやる気あるのかっ！」

流石兄妹《きょうだい》。ハーレム王の兄に似て、言葉の重さに対して態度の軽さが尋常《じんじょう》じゃなかった。

『ひゃい。おきたよ。りんご、おきたよ。ねてませんよ。りんごをねかしたら、たいしたもんですよ。……すぅすぅ』

「面倒臭《めんどうくせ》ぇ義妹だなぁ、もう！　起きろ！　シャキッとしろ！」

『にょきっ』

「うん、絶対シャキッとしてないだろうけど、まあいい」

若干《じゃっかん》寝ぼけているぐらいが、こっちも都合いいしな。機械的に、番号を言わせよう。

「ちょっと、調べて欲しいことがあるんだが」

『うん。なぁに？　りんごのバストは、一センチ増の……』

「うん、お前の兄に対するイメージは、そんな感じなのか！」

若干反省した。俺は深夜に義妹の成長報告を聞くような人間だと思われているらしい。

実際は、深夜にエロゲのシリアルコードを義妹に聞くような人間だというのにっ！

「どっちも大差ない!?」

『大差あるよっ！　おにーちゃん！　一センチも増えたら、それは、『ぷるん』が『ぷるんぷるん』になるぐらいの差が――』

「いやその話じゃなくてな。……まあいい。とにかく、胸の話はいいよ」

『そうなの？　なら、どうしたの？　馬鹿《ばか》なの？　死ぬの？』

「深夜に起こされたのそんなにイヤだったの!?　って、ああ、いつものあれか」

マイナスな言葉をプラス解釈《かいしゃく》で捉《とら》える病気か。まあいい。一応頭は働き出したようだ。

話を続けよう。

「本当に申し訳無いんだが、ちょっと、物置部屋行ってくれないか」

物置部屋とは、正確には客間なのだけれど、今や普段《ふだん》使わないものを押し込んでおくだけの部屋となっている場所だ。

『えぇー、寒いよぅ』

「お前、さっき何でもするって言わなかったっけ？」

『ベッドから出ること以外なら、何でもするよ！』

「何にも出来ねぇよ！　お前どんだけ意志弱ぇんだよ！」

『むぅ……そんなに大事なことなの？　林檎がこのぬくぬく感を手放さなきゃいけないぐらいの、一大事なの？』

「う、うん、まあな」

若干汗《あせ》を掻《か》いたが、ここまで来たら、もうやって貰いたい。林檎の部屋から物置部屋はすぐ近くなのだ。起きたのなら、もう、そこまで大した作業でも無いだろう。

『しょうがないなぁ……。おにーちゃんのためなら、林檎、頑張《がんば》るよ』

ごそごそと、ベッドを出る音。一旦《いったん》ケータイを置いたのか、遠くから「しゃーむーいー」と震《ふる》えた声が聞こえてくる。まあ、夜は暖房《だんぼう》切るからなぁ。すまんな、義妹よ。兄のエロ心のために。

『じゃあ、行く。頑張る』

「おう、行け、義妹よ』

ぺたぺたと、素足《すあし》で廊下《ろうか》を歩く音が聞こえる。

『……しゃっこい。暗い。帰りたい。うぅ』

「泣くな、義妹よ。お前は今、大変な使命を背負っているのだ」

『うぅ、そんなに大事な用事なら、林檎頑張《がんば》るよ』

そうして、ガチャリとドアを開き、カチリと電気をつける音。物置部屋に到達《とうたつ》したようだ。

『ひゃあ、寒い』

「暖房一切《いっさい》つけないからなぁ、その部屋」

『90／100』

「うん、お前のHPが順調に下がっているのは伝わってきた。ごめんな」

『うん。それで、何したらいいの？　鍵《かぎ》を探して箱を開けて中のパネルを壁《かべ》に嵌《は》めてスイッチを押せばいいのかな？』

「脱出《だっしゅつ》系ゲームかっ！」

本日二度目の同じツッコミだった。流石兄妹、発想が似る。

「探して欲しいのは、古いパソコンだ」

『あ、探すも何も、目の前にあるよ。えーと、これでペ○タゴンにハッキングかければいいのかな？』

「いやそういう依頼《いらい》ならファ○コンに頼《たの》むから」

『だって、重要な使命だって……』

「うん、重要は重要なんだけどな。ええと、その近くに、そのパソコンの取り扱い説明書とか纏《まと》めてないか？」

『うーんと、あ、《バールのようなもの》はあるよ』

「杉崎家に事件の影《かげ》！」

『いやそれは偏見《へんけん》だと思うよ、おにーちゃん……』

「とにかく、説明書を探してくれ。《バールのようなもの》は、後で廃棄《はいき》しておいてくれ」

『勝手に工具廃棄しちゃ駄目だと思うけど……。えーと、説明書？　うーんとね……あ、なんか段ボールの中にごちゃって色んな紙が入っているよ。これかな』

「おう、それだそれ。それちょっとあさってみてくれ。多分、番号書いたハガキみたいなのが出てくると思うんだが」

『うーん？　ちょっと待ってね。携帯電話《けいたいでんわ》、一回置くね』

「おう、すまないな、よろしく頼む」

ガサゴソガサゴソと、通話口から聞こえてくる。そうして数分「あ」という声が聞こえたと思ったら、林檎が電話口に戻って来た。

『なんか三枚ぐらいあったよ。ウィン○ウズがなんたらかんたらと、I○Mがなんたらかんたらと……』

「そうか……」

やばい、不発か？

『それと、関係無いと思うけど、なんか、可愛い女の子の絵が描《か》かれているの』

「それだぁ――――――――――――――――――――――――――――――――――――――！」

キタァ――！

来たよ！　遂《つい》に来たよ！　念願の……念願のシリアルコード！　長かった！　ここまで……長かった！

『び、びっくりした。どうしたの？　そんなに大声出して……』

「あ、ああ、嬉《うれ》しくてつい、な。さて……林檎。そこに、番号書いてあるだろ？」

『うん。えーと、しりあるこーど？　って書いてある』

「それを読み上げてくれないか？」

『いいけど……。…………これ、なんの番号なのかな？』

ぎくり。さ、流石《さすが》に、あのラインナップの中で、一つだけ萌《も》え絵の女の子ハガキだったら、疑問に思うか。俺は手に汗を大量に掻きながら、答えを返す。

「ちょ、ちょっとな」

『ちょっとな、じゃ分からないよ』

「えと……その……か」

『か？』

やばい、何も出て来ない。ええい、テキトーに取《と》り繕《つくろ》っちまえ！

「核《かく》ミサイルの、発射コード」

『ふぇぇえ⁉　じゃあ教えないよ！　絶対教えないよ！』

怒《おこ》られてしまった！　まずい！

「ごめんごめん、今のボケ。ボケだから」

『そ、そうだよね……。こんな可愛い女の子が描かれたハガキに、核ミサイルの発射コードなんて……。……でも、こういう偽装《ぎそう》という可能性も……』

「いやホントボケだから！　気にすんな、義妹よ！」

『う、うん。でも、だったらこれは……』

「えと、だから、な」

これはもう、切《き》り抜《ぬ》けるのは無理じゃなかろうか。上手い言い訳が全然見つからない。くそ、なんでハガキに女の子を描きやがったんだ、メーカーさん！　これのせいで、言い訳の選択肢《せんたくし》が大幅《おおはば》に制限されてしまっているじゃないかっ！

こうなったら、仕方ない。ここは……素直《すなお》に、言うか。大丈夫《だいじょうぶ》。俺のためになんでもすると言ってくれている義妹なら、快く番号を教えてくれるだろうさ！

「林檎よ、よく聞いてくれ。それは、俺が今晩ずっと探し求めていたものでな。本当に、心から、今必要としているんだ」

『ほぇ～、そうなんだ。大変だったたね。それで、これは一体……』

「うむ。お気に入りのエロゲを起動するために必要な――」

『ツー、ツー』

「切られたっ！」

物凄《ものすご》い速さだった！　まずい！　あいつの嫉妬《しっと》心を侮《あなど》った！　これは、ハガキをビリビリに破いてしまう勢いだ！

慌《あわ》てて電話をかけ直す！

「もしもし！　林檎⁉」

『…………。……ごめん、おにーちゃん。今林檎、ちょっとシュレッダーにかけなきゃいけないものがあって、手が離《はな》せないんだ』

「待て待て待て待て待て！　待つんだ、義妹よ！」

汗が……尋常《じんじょう》じゃない量の汗が背中から滲《にじ》んでくる！　このままじゃ、今晩どころか、一生この名作エロゲをプレイ出来なくなってしまう！

気分はすっかり交渉《こうしょう》人。最優先すべきは、人質の命。

「まあ落ち着きなさい。いいか？　よぉく兄の話を聞く――」

『ウィンウィンウィンウィン……』

「今なんかシュレッダーめいたものの電源入れたよねぇ⁉」

『ちょっと待ってね、おにーちゃん。これが終わったら、お話、聞くから』

「いやいやいやいやいや！　その作業前に聞いてくれ！　お願いだから！　本当に、お願いだ

から っ！」

『うむぅ。そこまで言うなら……なぁに？』

「あのな。えーと……そう、そもそも林檎さんや、何を怒っているんだい？」

『キレてないですよ』

「お前の中でまさかの長州○力ブームが来ているのは分かったから。その、怒《いか》りの原因をご説明頂けないでしょうか」

『だって……おにーちゃんが……えっちなゲームするって……』

「えーと、それは、その、嫉妬というヤツでしょうか？」

『……うん』

「そ、そうか」

可愛い……。しかし、今はそんなことを言っている場合じゃない！　冷静になれ。こういう時はまず――

『おにーちゃんは、林檎の体じゃ、不満なの？』

「ぶっ！」

思いっきりむせた。けほけほと咳《せき》を続けながら、訊《たず》ねる。

「お前、言葉の意味分かってるか？」

『えーと、昔、飛鳥おねーちゃんに、『もしケンがエロ本とか見てるのを目撃《もくげき》したら、こう言ってやりなさい』って教えられた」

「そ、そうか……なら良かっ——」

『あ、お母さん、こんな時間にドアの陰《かげ》に隠《かく》れたりなんかして、どうしたの——って、あ、なんか蒼白《そうはく》な顔して走っていっちゃった』

「いやぁぁ————————————————！」

血の繋《つな》がらない母親に、自分の娘《むすめ》と息子《むすこ》がただならぬ関係と思われました。杉崎家、崩《ほう》壊《かい》の予感！

『とにかく。えっちなのはメッ。おにーちゃんは、そんなの見なくていいと、林檎は思います』

「い、いや、林檎さんや。男っていうのは、そうもいかなくてだね……。エロいことを全然考えないヤツなんて、創作の中にしかいないというか……」

『じゃあ、林檎でえっちなこと考えればいいと思うよ！』

「ぶっ！」

再び咳《せ》き込む。そして、またあちらから聞こえてくる、不吉《ふきつ》な実況《じっきょう》。

『あ、お父さん、こんな時間にどうしたの？　うん？　お父さんは何も聞いてない、聞いてないからな……って？　うん？　どうしたの？　泣いてるの？　ねえ、泣いてるの？　あ……行っちゃった』

「いやぁあああああ——————————！」

杉崎家、終了《しゅうりょう》のお知らせ。

『そんなわけで、おにーちゃん！　えっちなゲームも、本読むのも、禁止っ！』

「ええー!?　いくら義妹とはいえ、兄から生活必需品《ひつじゅひん》を奪《うば》うなんて、鬼《おに》かっ！」

『おにーちゃんの中でえっちなものって、生活必需品の括《くく》りなんだ……』

「だから、男なら仕方ないんだって！　もうホント生理現象というか、邪《よこしま》だなんだというレベル以前の、こう、原始的な欲求《よっきゅう》なんだって！　寝《ね》たり食べたりするのと同じレベルで、解消しないと駄目《だめ》なんだって！」

深夜に俺は義妹に何を力説しているのだろう。もう、どうにでもなれってんだ！　どうせ聞かれてまずい人には、聞かれ尽《つ》くした後さっ！　ははは っ！

林檎はあっちで少し考え込んだ様子だった。

『う、うーん……そうだね……林檎、男の人のこと分かってなかったよ……。ごめんね……。そういうことなら……』

「お、おう！　シリアルコードを――」

『林檎のえっちな写真、送る！』

「リアルエロゲ的展開キタァ――――――――――――――――――――――――！」

いや待て！　テンション上げてる場合じゃねぇ！　これはまずいだろう！　いくらなんでもまずいだろう！　倫理的《りんり》に、この一線越《こ》えたら、俺、兄として紳士《しんし》としてライトノベル主人公として、完全に落第だろう！　エロゲ主人公的には完全合格だけどっ！

「待て待て待て、林檎！　そんなことはしなくていい！　しなくていいからなっ！」

『…………うぅ。酷《ひど》いよ……おにーちゃん。りんごだって……ぐす……結構、成長するよう、牛乳飲んだり……ぐす……頑張《がんば》ってるのに……』

「い、いや、そういう問題じゃなくてだなぁ！」

『……ちゃんと成長してるもん。……今から写メ撮《と》って送るから、見ればいいよ！』

「おおう!?　ちょ、ちょっと待て！　嬉しいけどっ！　嬉しいんだけどっ！　人として、リアル兄貴として、それは流石に全力で止めさせて貰――」

『ツー、ツー』

「義妹よぉ――――――――――――――――――――！」

なんてこった！　義妹が……義妹が汚《けが》れる!?　エロいサービスはそりゃいつでも大歓迎《だいかんげい》の俺だが、しかし、こんなのを望んでいたわけじゃない！　もっとこう、お互《たが》い同意の上で、恥《は》じらいつつも――みたいなソフトで自然なエロが理想なわけで！　こんな、王道エロゲ真っ青のイベントを消化したいわけじゃなかったんだ！

「や、やべぇ。林檎のヤツ、これ、本気でえっちな写真を送ってくるぞ……」

ど、ど、どうするべきなんだ！　ただのシリアルコードの捜索《そうさく》から、どうしてこういう展開になる！

悶々《もんもん》としていると、不意に、手に持ったままだったケータイが振動《しんどう》した。表示される、《メール受信》の文字。恐《おそ》る恐る確認すると、義妹からの……添付《てんぷ》ファイルが付いたメールがっ！

「うぉおおおおおおおおおおおおおおおおおおおおおお!?」

背後に《ドドドドドドドドドドドド》という文字が描《えが》かれそうなほど、ケータイに怯《おび》えを見せながら汗《あせ》を掻《か》く俺！

「なんてこった……！　なんてこった！　指が……指が勝手に動くだとぅ!?」

俺はかつて、ここまで強力なスタ○ド攻撃《こうげき》を受けたことがあったろうかっ！　いやない！　なんて強力な攻撃！　俺の理性に反して……指が勝手に、メールを、添付ファイルを、開こうとする！

「くそっ……すまん……すまん、義妹よ！　しかし、しかし兄は……兄はぁああああああああああああああああ！」

ピッ。指が勝手に、素早く操作を進める。

ほ……本当は見たくなんてないんだよ本当だよお前そりゃいくら絶世の美少女だからって仮にも義妹たる存在のえっちな姿を見たいなんて実際妹がいる人なら分かるだろうがそんなのあるわけないじゃないか変態じゃあるまいしHAHAHAHAだからこれは義妹の特殊《とくしゅ》能力《これ無視出来たら大《シスター・マリオネット》したもんですよ》の賜物《たまもの》であって決して決して俺が心から望んだ結果ではないということをちゃんと分かった上でええい辛抱《しんぼう》たまらんもう見るぞこの野郎《やろう》！

「うわぁあああ！　ゆ、ユビガカッテニィー！」

恐ろしい不可抗力《ふかこうりょく》によって、俺は、仕方なく、本当に仕方なく、添付ファイルを開く！

血走った両眼も、ガッチリ開く！

かくして、ケータイ画面に表示された義妹のあられもない姿とは――

自分のベッドの上でパジャマをちょこんと捲《まく》って、軽く、本当に軽く、恥ずかしそうに、おへそを見せているだけでした。

「…………」

…………………………。

…………………………。

「超上級レベルの嗜《たしな》み!?」

ツッコミが正しいのかは分からないが、とりあえず、期待……げふんげふん、危惧《きぐ》したレベルのものではなかった。へそフェチの皆《みな》さんにはたまらないかもしれないが、特にそういうわけでもない俺としては、こう、凄《すご》い不完全燃焼感！　なんだこれ！

唖然《あぜん》としていると、当の被写体《ひしゃたい》本人様から通話着信。即座《そくざ》に出る。

『あ、おにーちゃん！　どうだった？　林檎、凄く恥ずかしかったけど、その、が、頑張ったよ！』

「あー……うん、そうなんだろうね……そうなんだろうけどね……」

考えてみれば、こうなるのは当然だった。俺の「エロい」と林檎の「えっちぃ」には、

海よりも深い隔《へだ》たりがあるのだということを、どうして気付けなかったのか。

写真を撮り終えて軽い満足感を得ているらしい林檎が、興奮した様子で喋《しゃべ》り続ける。

『ふぅー。林檎は今回、自分の写真を見て、あまりの妖艶《ようえん》さに、身震《みぶる》いしました』

「あそう」

『林檎もちゃんと日々成長しているのだなぁと、感慨深《かんがいぶか》く思った、そんな、夜でございました』

「あそう」

『おにーちゃん様におかれましては、この画像で、え……えっちなことを考えるのが、よろしいかと、思われます。かしこ』

「なんか凄いテンション上がってるんだね。良かったね」

『十六歳《さい》の林檎の瑞々《みずみず》しい肉体を撮り切った、記念すべきメモリアルになったと、自負しております』

「撮り切れてねぇよ。パジャマ部分の面積の方が大分多かったよ」

『?　おにーちゃん、もっとえっちなの欲しかったの？』

「い、いやまあ、そう言うのもアレだけどさ……。まさか……も……もっとえっちなのも、いけるのか？」

俺は何を言っているんでしょう。とりあえず、完全に兄の資格を失った自覚はある。

『そ、そうだね……。よしっ！　つ、次は、思い切って！』

「お、思い切って？」

ごくり。

『二《に》の腕《うで》まで公開しちゃいたいと、思います！』

「子供は寝る時間ですよ。おやすみなさい」

こちらから電話を切った。直後、すぐに義妹から着信。……ふぅ。

「もしもし、欲求不満《よっきゅうふまん》の兄です」

『もしもし、セクシーな妹です』

「おかけになった電話番号は、現在、エロゲのシリアルコード以外受け付けない、専用回線となっております。自称妖艶《じしょうようえん》(笑)の戯言《たわごと》は、お控《ひか》えくださいますよう、よろしくお願い致《いた》します」

『えと……それなんだけど、じゃあ、もう、これシュレッダーにかけていいんだよね――』

「改めて話し合いましょうか、セクシーなお嬢《じょう》さん」

そんなわけで、この後更《さら》に一時間かけて、妹を説得するハメになりました。

＊

「ふぅ……。……やった！　やったぞ！　大分回り道をしたが、遂《つい》に……遂に、シリアルコードを手にしたぞぉ――――――！」

俺にとってはダ・ヴィ○チ・コードよりよっぽど重要なコードを記したメモ書きを掲《かか》げ、深夜だというのに全力で叫《さけ》び、隣《となり》の部屋から壁を叩《たた》かれる！　すいませんすいませんと壁に向かって謝《あやま》り、明日菓子折《かしおり》を持っていくことを決意しつつも、ニヤニヤは止まらない！

とにかく、やった！　俺は、やりきった！　何も手がかりの無い所から捜索を開始し、コード発見、最後にはラスボスを見事説得し、遂に、手に入れたのだ！　心から欲《ほっ》した、コードを！

ちなみに、義妹に関しては――

「お前のセクシーな写真に心を撃《う》ち抜《ぬ》かれた。このエロさは、もう誰《だれ》にも覆《くつがえ》せない。そう確信している。だからこそ、なればこそ、シリアルコードを教えてはくれまいかお嬢さん。過去に俺の心を摑《つか》んだそれとキミの写真を見比べることにより、『ああ、うちの義妹の方が百万倍エロかったんだ』と確認するためにも！　そう、それは言うなれば、過去との決別！　そのためにも、どうかどうか、シリアルコードを教えてはくれまいだろうか！」

と、自分でもよくもまあそんなにスラスラと出てくるもんだというおだて言葉を駆使《くし》し、説得しきってやった。最後の「過去との決別」あたりのキーワードがミソだ。過去に色々あった俺と義妹の間では、最早《もはや》反則に近い魔法《まほう》の言葉！　過去との決別！　かくして、俺はシリアスな背景までも問答無用で利用しつつ、このシリアルコードを聞き出したのであった！

さて、と。

パソコンOK。

ソフトOK。

フルインストールOK。

セーブデータOK。

そして。

シリアルコード……OK！

「いざ……起動！」

気分は最早、新合体ロボを開発した博士がスイッチを押すそれ！　エロ回想がどうとか、もう、そういう問題じゃないんだ！　ここまで来たこと……それだけで、俺は、満たされているんだ！

……エロい気分も盛り上がっているがな！

「ふん……ふん！」

鼻息荒《あら》く画面を見つめる。初回起動のためか、少し間があり……そして、遂に！

《♪〜〜♪》

オープニングメロディが、かかった！

「うぉおおおおおおおおおおおおおおおおおおおおおおおおおお！」

今の自分は傍《はた》から見たら大層キモいであろう自覚はある！　しかし！　しかし、そんなことは関係ねぇ！　俺は今、最高に幸福——

《ドンッ！》

「すいませんすいません！」

隣の部屋からかなり大きめに壁を叩かれ、ぺこぺこ謝る。ふ、ふぅ、落ち着け、俺。もう焦《あせ》ることは何もないんだ。じっくり、まったり、鑑賞《かんしょう》しようではないかっ！

「♪んーふーふー　♪」

オープニングを口ずさみつつも、衝動《しょうどう》は抑《おさ》えきれず、さくさくと手慣れた手つきで《C

Gギャラリー》をクリック、さて、と画像を閲覧《えつらん》――

「……え？」

閲覧――出来は、したのだが。おかしい。どうも、お目当ての画像が見当たらない。

「あ、れ？　おかしいな……」

クリッククリック。見つからない。お目当ての画像……ぶっちゃけエロ画像が、一切《いっさい》、見つからない！

「あ、そうか、えっちぃのは、回想の方でしか見られないゲームだったかな……」

そう考え、タイトル画面に戻《もど》り、回想を選ぶも……。

「……お、おかしい。えっちぃ回想も無い……だと？」

そんな馬鹿《ばか》な！　セーブデータか⁉　上書きするセーブデータが間違《まちが》っていたのか⁉

いや、そんなことは無いハズ！　現に他の画像はちゃんとオープンになっている！

「なぜだ⁉　ここまで来て、なぜ、エロ要素だけが――ハッ！　林檎の策略⁉」

一瞬《いっしゅん》我が妹を疑うも、そんなハズはなく。しかしこの、エロ要素だけ抜かれているなんて、そんなのまるで――

「………」

まるで……。

「…………」

……………。……とある、恐《おそ》るべきことに気付き。捜索序盤《そうさくじょばん》に早々に見切りをつけた……箱パッケージを、確認する。

「！」

その背に記されていた、恐ろしい……心が芯《しん》から凍《こお》り付くほど恐ろしい事実に、俺は息を呑《の》み……そして……絶望を、絶叫《ぜっきょう》に、変えた！

「全年齢《ねんれい》版だとぉおおおおおおおおおおおおおおおおおおおおお⁉」

名作ソフトにありがちな罠《わな》だった！　エロい要素カットしただけの全年齢版もPCで出す！　ファンはそれも買う！　お布施《ふせ》のように買う！　だからうちにもあるし、以前これも律儀《りちぎ》にプレイしたから、セーブデータもある！

つまり！

「また……また……振《ふ》り出《だ》しだぁあああああああああああああああああ！」

ソフトを探すところから始めることになりました。

＊

寝《ね》る間際《まぎわ》の某《ぼう》セクシー義妹さんの、呟《つぶや》き。

「……あ。そういえば、この前おにーちゃんの家行った時、えっちぃソフトは全部回収してきて、えっちぃ要素無いのだけ置いてきたんだった。忘れてたよ。でも、データはパソコンに入っているらしいから、あんまり意味無いんだっけ……。…………。……あれ？　じゃあ、おにーちゃんは今晩何を探して……うーん。……ふわぁ。いいや、眠《ねむ》いし。寝よっと。おやすみなさい……おにーちゃん……」

※注　某エロ兄はその日「おやすみなさい」出来ませんでした。

【最終話〜回収する生徒会〜】

「他者の意見を受け入れてこそ、真の賢者《けんじゃ》と呼べるのよ！」

会長がいつものように小さな胸を張ってなにかの本の受け売りを偉《えら》そうに語っていた。

それに対し、今回は役員全員、そして珍《めずら》しく会議に出席していた真儀瑠《まぎる》先生が揃《そろ》って「おぉ！」と感嘆《かんたん》の声を漏《も》らす。

「あのワンマン会長が、そんな名言を持ち出すなんて……」

「こりゃあ事件だぜ！　いい意味での事件だぜ！」

「会長さん、熱でもあるんでしょうか？」

「アカちゃんも、一応成長しているということかしらね」

「桜野《さくらの》が……私と同族の唯我独尊《ゆいがどくそん》タイプを卒業してしまったこと、私は、悲しいと同時に、少し羨《うらや》ましくも思うぞ」

「う、うるさぁーい！　変に評価しないでっ！」

ほぼ全員が褒《ほ》めているのに、会長はなんだか不満そうだった。自分は最初から出来る子だったと言いたいらしい。

俺達からの「子供の成長に一喜一憂《いっきいちゆう》する親的視線」を無視し、会長はさっさと本題に乗り出した。

「そんなわけで、今日の生徒会活動は、要望アンケートの回収をするわよ！」

「ああ、あれですか。そういえば回収してませんでしたね」

応じながら、俺は数日前に全校生徒へ配ったプリントのことを思い出す。一月末になり、今期の生徒会活動も残り少なくなってきたこのタイミングで、生徒会は改めて、今の生徒会に何か要望は無いか、訊《たず》ねることにしたのだ。……まあぶっちゃけ、最後に好感度を上げげて、終わりよければ全てよし的方向に持ち込もうとする、会長の姑息《こそく》なイメージ戦略の一環《いっかん》なんだけど。

回想していると、知弦《ちづる》さんが「でも……」と疑問を切り出した。

「プリントの回収は、HR《ホームルーム》でお願いすればいいんじゃないかしら？　なにも、わざわざ私達が回収することもないでしょう」

それはそうだ。今までだって、大概《たいがい》そうしてきた。しかし会長は、首を大きく横に振る。

「今回は、そういうわけにはいかないんだよ！　なんてったって、目的は、生徒会への要望を訊《き》くことなんだからね！　私達が直接出向いてこそ、訊けることもあると思うんだよ！」

「なるほど、それは確かにそうかもです。真冬《まふゆ》、こういうプリントは面倒《めんどう》なので『特に無し』って書いて提出しちゃいますが、直接訊ねられたら、一言二言ぐらい、要望を出してしまいそうです」

ああ、まあ確かにそういうものかもしれないな。会長にしてはいいところを突《つ》いている。

全員が納得していると、会長は満足そうに微笑《ほほえ》んで、改めて指示を出してきた。

「というわけで、回収作業に移るよ！　それぞれが、それぞれの学年のプリントを回収してくるよーに！」

「えと、でも、俺達だけで全回収は難しいのでは……放課後ですし、帰っている生徒もいますし」

「あ、別に全部回収しなくてもいいんだよ。要は率直な意見をいくつか聞いて、そして、生徒会が自ら回収するぐらい誠意あるって見せかけられればいいだけなんだから」

なんて策士。普段《ふだん》子供なのに、こういうずる賢《がしこ》いところだけ発達しているって、どうなんだ。キャラ的にそれは決して高評価ポイントではない気がする。

「んじゃつまり、あたし達は、部活動やってたりで校内に残っている同学年から、プリント集めるという名目で、可能な範囲《はんい》で、意見や要望訊いてくりゃいいんだな？」

「そういうこと。じゃ、各自、出陣《しゅつじん》！」

と号令がかかり、全員がガタゴトと椅子《いす》を鳴らして立ち上がる中、しかし、真冬ちゃんだけが座《すわ》ったまま、ちょっと焦った様子で手を上げて質問する。

「あの、一年生は、真冬一人で集めるのですか？」

「あ、ううん。真冬ちゃんには、真儀瑠先生もつけてあげる」

「おお、顧問《こもん》を部下のように扱《あつか》うその姿勢、やはりお前は、桜野だな」

「真儀瑠先生は、正直使えないので、要《い》らないです」

「うぉおい、椎名《しいな》(妹)！　お前はお前で顧問に対する態度がおかしくないか⁉」

「うむうむ、真冬ちゃんの意見はもっともだけど、それが一番バランスいいから、今回は我慢《がまん》して」

「ええー」

「や、だから、お前ら、なんかそのやりとりおかしくないか？　なあ？」

真儀瑠先生がとても悲しそうな瞳《ひとみ》をしていた。なにか遠い追憶《ついおく》に想いを馳《は》せているようでさえある。……この人、過去にも使えない子扱いだったこと、あるんだろうなぁ。初対面の時こそ威圧《いあつ》されるが、実際、知れば知るほど駄目《だめ》な人だしな、この人。

そうこうしている間に、真冬ちゃんが不満そうにしながらも折れた。

「分かりました。正直、要らないどころか邪魔《じゃま》レベル……ＨＰが低い要人ＮＰＣや混乱した戦士ぐらい要らないですが、仕方ないので、真冬が引き取ります」

「苦労かけるね、真冬ちゃん。こんなでも、プリント持ちぐらいは出来ると思うからさ」

「うーん、それさえも怪《あや》しいと思いますけどね。じゃあ、行きますか、真儀瑠先生」

そう言って立ち上がり、戸を引いて校内へ繰《く》り出す真冬ちゃん、その後ろを「プリント持ちぐらい……出来るもん」と妙《みょう》に可愛らしく背中を丸めてついていく真儀瑠先生。うーむ、実にシュールなパーティだ……。

「じゃあ、私達も行きましょうか、アカちゃん」

「うん、行こう、知弦！」

続いて、会長達も出ていく。生徒会室に残ったのは、当然、俺と深夏《みなつ》だけ。二人だけ。

……ふむ。

「よぅし、深夏、折角二人きりなんだし、生徒会室でエロいことでも――」

「さって、あたし達も行くか、鍵《けん》！」

「はい」

拳《こぶし》をぽきぽき鳴らされたので、素直《すなお》に業務に励《はげ》むことに致《いた》しました。

杉崎《すぎさき》視点

「とりあえず、二年の教室の方行ってみようぜ」

という深夏の提案で、まずは二年の教室が纏《まと》まった方へ向かってみる。当然のことながら、校内の他の場所に比べれば、廊下《ろうか》や教室に二年生がわんさか居た。俺達は手当たり次第《しだい》話しかけ、プリントを持っていた人からはプリントを回収しつつ、話を聞く。

「え、生徒会に要望？　そうだなぁ……うーん……もっと落ち着いてくれ？」

「生徒会に要望ですか……。…………。……特に無いです。あ、いえ、本当に無いです。無いというか、あの生徒会に、これ以上何を望んでも仕方ないかなって」

「あの生徒会に要望とか（笑）。あるわけねぇっつか、言っても無駄《むだ》っしょ（笑）」

「とりあえず、こういう思いつき行動をやめてほしいものですね」

まあ一言で言ってしまえば、

『ボロクソだな……』

深夏と二人、息を吐《は》く。とりあえず自分達の教室の、自分達の席に戻《もど》ってきて、椅子にぐでーんと背を預けて少し休憩《きゅうけい》していた。体力的にというか、精神的な意味で。

深夏が何度も溜息《ためいき》を吐《つ》きながら呟く。

「分かっちゃいたんだが……ここまでかってぐらい、バッサリ斬《き》られたな」

「だよな。俺もこういう扱いは慣れているけど、そこそこ真面目《まじめ》な活動もしているつもりだった生徒会に関して、ここまでとなると……改めて凹《へこ》むぜ」

「ま、まあ、回収しているのがあたし達っていうのも、あるんだろうけどさ」

「ん？　どういうことだ？」

意味が分からなかったので、身を起こして訊ねる。深夏は苦笑いしながら答えた。

「いや、会長さんと知弦さん、真冬と真儀瑠先生チームだったら、相手生徒もこういう対応じゃねぇーんだろうなぁと」

「ああ……確かにそうかも」

三年生は片や無邪気《むじゃき》、片や威圧感《いあつかん》バリバリで、色々言いにくいし。真冬ちゃんと真儀瑠先生チームだと……なんというか、オーラが独特すぎて、少なくとも悪態つける空気ではないだろう。

「俺達って、色々ぶっちゃけやすいタイプだもんなぁ」

「そういうこと。普段はそんな友達付き合いがあたしも気に入っているけど、こういう時は、流石《さすが》に改めて考えちまうよな……」

深夏が若干《じゃっかん》落ち込んでいるようだ。まあ、親しみを持たれるのは悪いことじゃないんだが、確かに、もうちょっと尊敬の念みたいなのも欲しいよなぁ。

「ま、仕方ないだろ。それだけ身近に思って貰《もら》えていると考えて、よしとしようじゃないか」

「……だな。さて、休憩もしたし、改めて回収に行くかっ！」

「おう」

そんなわけで、再び回収に出る俺達。相変わらず様々な人にボロクソ言われながらも、着々と、回収を続けていく。

そうして、A組から順番に回収を始め、次は二年D組に回収に行こうと歩いていた道すがら、廊下で深夏が急に男子に声をかけられた。

「おおー、深夏。この前の試合はサンキュな！」

「ん？　おお、菊池《きくち》か。いやこっちこそ、楽しかったよ。いい運動させて貰った」

別クラスなので俺はあまり話したこと無いが、確かバスケ部の男子だったろうか。ツンツン頭の爽《さわ》やかな人相で、彼は礼儀《れいぎ》正《ただ》しく俺にまでぺこっと一礼してくれた。こちらも礼をして応じるも、それ以上俺から何かあるわけでもない。彼の視線は深夏へと行く。

「深夏は、生徒会の仕事中か？」

「ん、ああ、ちょっとアンケートの回収をな」

「そうか、邪魔しちゃって悪いな」

「いや、別にいいぞ。邪魔も何も、こうして同学年の生徒と話すのが今日の仕事みたいなもんだしな」

「そうなのか？　あ、そうそう、同じクラスの上井《かみい》から謝《あやま》っておいてくれって。この前はこっちの勝手な事情に付き合わせちまって、悪かったたって」

「ん？　ああ、全然いいよ。気にしないでくれ。でも謝るなら、むしろ人を通してっていうやり方が、あたしは感心しないけどなって、伝えておいてくれ」

「おう、分かった。相変わらずだなぁ、お前は——」

……なんか、俺、すげぇ蚊帳《かや》の外だった。友達が、自分の知らない友達と仲良く喋《しゃべ》っている場に居合わせるって、妙に落ち着かなくて駄目だわ。これが生徒会や二年B組なら「俺以外の男と喋るなんてっ！」てノリに持ち込んでもいいんだが、この菊池君、どうもかなり真面目なトークしているみたいだし、初対面でそこを茶化しちゃうのもな……。

………………。

深夏、なんか楽しそうだな……。それにしても、話が全然分からん。俺の知らない所でも、深夏は、色んなことして、色んなヤツと関《かか》わっているんだもんな……。そりゃそうだよな……。

……………。

うぅ、なんか駄目だ、もやもやする！

「み、深夏。俺、じゃあ先にD組の方回収してくるわ」

「ん？　おぅ、悪ぃな、鍵。じゃ、あたしもすぐ行くわ」

「あ、いや、ゆっくりしていて大丈夫《だいじょうぶ》だ。どうせ喋るのが仕事なんだし。それじゃあ」

菊池君にも一応「じゃあ」と告げつつ一礼し、その場を離《はな》れる。ふぅ……なんかしんどかった。なんだこれ。友達が知らない友達と喋っていることとなんてしょっちゅうあるのに、なんか、今日は格段キッかったなぁ。

………。

……い、いや、こ、この程度で嫉妬《しっと》なんてそんな度量の小さい男じゃないやい！

………。

ちら。深夏……なんか笑ってるな……。菊池君、いい人そうだな……。………。

……。ちらりちらり、ちらちらり――

「わっ⁉　おっと、ととっ！」

よそ見をしていたら、教室のドア前で人にぶつかりそうになってしまった！　更《さら》にその子が、足をもつれさせて転びそうになってしまっていたので、俺は慌《あわ》てて彼女の背に手を回して支える！

「だ、大丈夫？」

「あ、だ、大丈夫。ありがとう」

彼女はゆっくりと立ち上がると、少し身だしなみを直しつつ、笑ってくれた。ふ、ふぅ、危なかった。なにしてんだ、俺は。まったく。

深く反省し、目の前の彼女……ちょっと華奢《きゃしゃ》な、D組の女の子……ええと、なんて言ったかな……あ、そうそう。

「ごめんな、鴨居《かもい》さん」

「ううん、大丈夫だから、全然気にしないでいいよー。……あ、でも、驚《おどろ》いたぁ」

「ホントにごめん……」

「そうじゃなくて。名前。杉崎君、なんで私の名前知っているの？」

「？　鴨居さんだって、俺のこと知ってるじゃん」

「そりゃあ杉崎君は有名人だもの、それと一緒《いっしょ》にしないでよ」

鴨居さんはくすくす笑う。な……なんか不名誉《ふめいよ》な意味で有名人と言われた気がするぞ。

俺はなんだか悔《くや》しくなって、話題を逸《そ》らすためにも、全力で質問に答えてやった！

「まあ、俺は基本この学校の可愛い女子の名前は全て覚えているからね！」

「ふぇ？」

「へ？」

なんか、鴨居さんが顔を紅《あか》くしている。ふと、D組の教室に残っていた女子の一団から、『きゃぁ』と黄色い、かなりわざとらしい声が上がった。

「美里《みさと》ぉ、杉崎君にナンパされてるぅ〜！」

「いいじゃんいいじゃん、面白《おもしろ》そうだから、杉崎と付き合っちゃいな！」

なんかやいのやいのと鴨居さんがはやし立てられている。む。なんかまずいことしたかな。鴨居さん、すっかり真っ赤だ。

「ちょ、ちょっと皆《みんな》ぁ、やめてよぉ。杉崎君もっ！　そういうこと、なんで大声で言うのさっ！」

「え？　あ、ご、ごめん……」

しまった。つい、生徒会やうちのクラスのノリで応じてしまった。基本こういう性格とはいえ、初対面の人に、人前であの発言は、若干常識に欠けたか？　悪いことしたな……。

でも……。

俺は、鴨居さんをはやし立てる、計六人ほどの女子集団の方を向いて、一人一人、指を指しながら告げる。

「ええと、そっちに居るのは、一ノ瀬《いちのせ》さんに、堺《さかい》さん、村上《むらかみ》さん、吉原《よしわら》さん、神崎《かんざき》さん、広永《ひろなが》さん……だよね」

『!?』

「だから言ってるだろ。鴨居さんだけじゃなくて、可愛い女子は、全員、網羅《もうら》してんだ」

『………………』

なんか、全員が顔を見合わせてしまった。あ、あれ。なんか対応間違《まちが》ったかな……。

と俺が不安になっていると。

唐突《とうとつ》に、そこにいた生徒達全員が、わっと盛り上がりだしてしまった。うぅ、なんなんだよぉ、D組。やりづれぇなぁ。

深夏視点

「じゃあなー、深夏。仕事中、足止めしちまって悪かったなー」

「おう、全然大丈夫だぜ！　またなー」

なんだかんだで五分ほど菊池と立ち話をし、お互《たが》いの近況《きんきょう》報告をザッと終わらせたところで、別れる。菊池に限らず、あたしは運動系の部活にしょっちゅう助っ人だったり遊びだったりで顔を出しているから、お互いに周囲の人間の話をしだすと、どうにも少し長くなってしまっていけない。

「あたし、年取ったら井戸端会議《いどばたかいぎ》大好きなおばちゃんになる気がするぜ……」

昔は母親が何が楽しくて延々立ち話しているのか分からなかったが、こうして成長してくると、知り合いの近況報告を聞くのが妙《みょう》に楽しくなってきている自分に気付く。

「さって、鍵は……D組行くとか言ってたっけな」

思い出しながら、戸が開け放されていたD組の教室を覗《のぞ》き込む。――と、

『あはははははははははっ』

「おう？」

放課後の校舎に漂《ただよ》う静寂《せいじゃく》感には似つかわしくない、集団の笑い声が響《ひび》き渡《わた》っていた。不

思議に思って室内の様子を窺《うかが》う。すると、そこでは鍵が中心となって、女子七人程《ほど》の輪が出来ていた。な、なんだなんだ。

「杉崎って、ホントキャラ通りのヤツなんだねぇー」

「な、なんだよ、広永さん。なんか問題でもあるのかよ。俺は、欲望《よくぼう》に素直《すなお》に生きてるだけだっ！」

「とかなんとか言って、他のクラスの女子の名前までいちいち覚えてるって、相当真面目《まじめ》で律儀《りちぎ》じゃね？」

「堺さんまで……な、なんだよ！　っていうかお前らニヤニヤすんな！　可愛い女子の名前覚えて、何が悪い！」

「べっつにぃ、何も悪くないけどぉ。いやそれにしても、聞きしに勝《まさ》るキャラだよねぇ。男子が当人に向かって可愛いとか、堂々と言うって、相当だよ？」

「なんだよ、一ノ瀬さん。だって、可愛いもんは可愛いんだから、いいだろ、別に」

「っ」

「あ、理恵《りえ》、自分だって紅くなってるじゃん！」

「うっさい、美里！　ああ、もーう！」

「杉崎さん……本当に生粋《きっすい》のプレイボーイですね」

「う、なんか村上さん、引いてる？　マジで？　うぅ、可愛い子に嫌《きら》われたぁ────────！　うわぁ────────！」

「ちょ、べ、別に嫌っていませんよ！　その、私の周囲にそういう男性がいなかったので、ちょっと戸惑《とまど》っているだけで……」

「ほ、ホント？　ふぅ、良かったぁ。村上さん、ありがとう。まあこんなキャラですけど、今後ともよろしく。握手握手《あくしゅ》」

「え、ええ、よろしく……お願いします。…………」

「わぁ、あのチィーが男の手握《にぎ》ったよ！」

「よ、余計なこと言わないの、ハル！」

……………。

な、なんか凄ぇ盛り上がってるな。あいつが女子に受けるなんて、珍《めずら》しいこともあるもんだ。うちのクラスじゃ、完全に気持ち悪い子扱《あつか》いなのに……。……いや、まあ、そうは言いつつ、確かになんだかんだ女子から親しみもたれてはいるんだけどさ。

……………。

……いやそれにしたって、おい、鍵。お前、さっきから握手しすぎだろ。いくら他の子からも求められ出したからと言っても、そ、そんなに女の子の手ぇ握りまくること、ねぇんじゃねぇか？

「こ、こほん！」

あたしが咳払《せきばら》いをすると、女子七人と鍵が一斉《いっせい》にこちらを向いた。鍵が笑顔で応じてくる。

「おぅ、深夏。菊池君ともう話終わったのか？」

な、なんだよ、その笑顔。なにがそんなに嬉《うれ》しいんだよ。……ああ、女子に囲まれて、そんなに楽しいのかっ！　そうかよっ！　あー、もう、デレデレしやがって！　ムカつくなぁ！

「ああ、終わったよ！　お前はD組のプリント回収したのか？」

「あ、そうだ、忘れてた。皆、この前配ったプリント持っているか？」

鍵が周囲の女子達に向かって、声をかける。すると、全員からダラダラした反応が返ってきていた。

「んなのもうどっかいっちゃったよぉー」

「そっか。じゃあ吉原さん、口頭でいいから、なんか生徒会に要望とか無い？」

「要望？　えーと……じゃーあぁ。ふふっ、杉崎が私のカレシになるとか、どぉーお？」

『えええ——!?』

「吉原さん。すげぇ嬉しいけど、ちょっと真面目に——」

「ええー、マジだよぉ？　ねぇ、どう、私に興味とか——」

「ちょっとポーちゃん！　いくら別れたばかりだからって、そういう節操無いのは——」

「あらぁ？　なぁーにムキになってるのよ、チィー。かーわいっ」

「な、な、な」

「ちょっと二人ともっ！　杉崎君、困ってるでしょっ！」

「お、鴨居さん、サンキュ。そうそう、皆、俺を奪《うば》い合ってくれるのはありがたいけど、まずは、プリントや要望に関して——」

「あー、美里、いい子ぶって抜《ぬ》け駆《が》けだぁー！」

「そ、そんなつもりじゃないよ！」

「えー、皆そういうノリなら、私も、杉崎のカノジョ立候補するぅー！」

「ちょっと、ハルまでぇ——」

………。

　イラ！

　右足のつま先をパタパタ……いやベチベチ床《ゆか》に当てて、イライラを解消しようとするも、一切《いっさい》効果が無い。なんだこれ。今とても、校舎の窓ガラス割ったり、盗《ぬす》んだバイクで走り出すような迷惑行為《めいわくこうい》にまで手を出してしまいたいんだが。実際にはやらないけど、それぐらい、あたしの精神状態が悪いんだがっ！　理由は全然分からない。そんなに急ぐ用件じゃないし、あたしが菊池とくっちゃべってた分、鍵の話も待って当然なんだが、それなのに、それなのに、頭ではそれを理解しているのに、なんか——すっげぇ、苛立《いらだ》つ！

「早くしてくれないかなっ！」

　思わず集団にそう声をかける。すると……また、黄色い声が湧《わ》いてしまった！

「ちょっと、なんか本妻怒《おこ》ってるよ！」

「誰《だれ》が本妻か、誰が！」

「ひぃっ！」

　イライライライライライライイライライライライライライライラ！

　あたしが鬼《おに》の形相をしていると、鍵が、額に汗《あせ》を垂らした状態で話しかけてきた。

「お、おい深夏。嫉妬《しっと》は嬉しいが、ちょっと抑《おさ》えて——」

「はぁ⁉　嫉妬⁉　誰が⁉　うぜぇ！」

「お、おおぅ、思った以上に荒《あ》れてんな……。い、いや、それにしたって、俺に対しては怒っていいけど、その、悪気無い彼女達にまで威圧《いあつ》的なのは流石《さすが》にどうかと——」

「ああん⁉」

「ひぃ⁉　ご、ごめん、皆《みんな》、流石にそろそろ、真面目にプリントと要望をお願いします」

『は、はぁーい』

女子集団全員が、あたしの形相を見て、素直に鍵の言うことを聞く。……あ、あたしだって、頭じゃ理解しているさ！　あんまり交流の無い彼女達にまでこんな態度は駄目《だめ》だって！　で、でも、なんか駄目なんだ！　イライラが、全然抑えられねぇんだっ！

あー、もう、なんなんだこれ。あたしはいつから、こんなに気が短くなったんだ。くそ……っていうか鍵、ヘラヘラすんな！　今日はお前の笑顔がなんか凄《すご》い苛立つ！

「じゃあ、皆、わざわざありがとな」

『またねぇー！』

「おう、またな！」

鍵がプリントや意見・要望回収を終え、集団の黄色い声に応じながら、こちらにやってくる。……またね？　また？　また、あいつは、ここに来て、あんなやりとりをするつもりなのか？

……あたしは笑顔でやってくる鍵を、妙なイライラを再び感じながら、出迎《でむか》えた。

杉崎視点

「随分《ずいぶん》、楽しそうだったじゃねぇか」

深夏の所に戻《もど》って来て早々、不快そうな態度で迎《むか》えられてしまった。

「ま、まあな。確かにいい子達だったし、楽しかったけど……」

それはそうだ。なんだかんだ、俺を中心にいじりはしていたけど、実際に俺が好きどうこうというよりは、全員が仲良しなのが伝わって来る、いい友達集団だったと思う。だから、そういうところにまざれて、俺も確かに楽しかったんだが。

でも結局、一番笑顔になった要因は、深夏が意外と早く菊池君との会話を切り上げてきてくれたことなんだけど……。

深夏は、ぷいっとそっぽを向きながら、次の教室に足早に向かいつつ、呟《つぶや》く。

「へー。そりゃ良かったな。……でも生徒会の仕事中だってこと、忘れんなよな」

「む」

なんだそれ。深夏のことは好きだけど、ちょ、ちょっとカチンと来たぞ、今のは。

「別に忘れてねぇよ。深夏だって、菊池君と楽しそうに喋《しゃべ》ってたじゃないか」

「あれはお互《たが》いの近況《きんきょう》報告だ。お前みたいに、無駄話《むだばなし》じゃねぇし。もっと有意義な会話だったし」

「俺のだって、有意義な会話だったよ」

「まあ、お前にとってはそうだろうな。女子にちやほやされて、さぞ有意義だったろうさ」

「じ、自分だって、菊池君と長々楽しそうに喋っちゃってさ。そりゃ、さぞかし有意義な会話だったんでしょうねぇ」

ギスギスギスギス。二人の間に、何か妙《みょう》な空気が漂う。……なんだよ。俺は初対面の女子達に、ちゃんと話を聞くために溶《と》け込もうとして、盛り上げつつ会話していただけだってんだ。何をそんなに怒ってるんだよ。意味が分からない。

俺達は微妙《びみょう》な空気のまま、回収作業を続行した。とりあえず二年のクラス群周辺に居た生徒のは一通り回収したため、今度は、主要な（部員数が多い）部活動に向かってみることにする。

「運動部だと、野球部やサッカー部あたりかな」

運動部に詳《くわ》しい深夏がそう言うので、俺達はグラウンドへと向かう。そこで、陸上部を始めとする他部活も含《ふく》め、その場に居た二年生に声をかけていくことにした。

「生徒会への要望？　そんなの、うちの部の予算増やしてくれれってのが第一だな。あ、そうだ、椎名が定期的に助っ人に来てくれる約束でもいいぞ！」

「意見ねぇ……私達ラクロス部のグラウンド使える範囲《はんい》狭《せま》いから、広くしてって言いたいけど、無理だよねぇ。あ、深夏の入部で手を打ちましょう！」

「要望！　じゃ、深夏女子ソフトボール来てよ！　いや助っ人じゃなくていいからさ。あんたがいると、部活が活気づくのよねぇ。なにより私が一緒《いっしょ》にソフトしていて楽しいんだもの。ね、どうかな？」

「んー、野球部としてじゃなくて、俺個人としてなら、髪《かみ》染めるの許してほしいな。や、金髪《きんぱつ》やってみてぇんだよ、一回。別に誰かに迷惑《めいわく》かけるわけでもねぇんだしさぁ。え？　深夏はそういうの嫌《きら》い？……じゃ、じゃあ絶対やらねぇ！　悪かった！　嫌いにならないでくれ！　お願い！　な？　お願い！」

「おー、椎名ぁ！　よく来てくれた！　サッカー部入るのか？　入るんだろう？　入るんだよな！　よっしゃ、早速《さっそく》入部手続きを——って、じょ、冗談《じょうだん》だよ、冗談。そ、そんな睨《にら》むなよぉ。……はぁ」

そんなわけで、運動部での調査を総合すれば——

「深夏、人気すぎるだろう……」

「そうか？」

本人はなぜか野球部から分けて貰《もら》った差し入れのたこやき（なぜそんな喉渇《のどかわ》きそうなものを……）を頬張《ほおば》りつつ、ぽけっとしていた。

実際、運動部での深夏人気は異常だった。誰も彼もが深夏を見ては笑顔で寄ってくるし、そしてそのほぼ全員が、深夏と一緒に運動したがっていた。助っ人に来てくれ云々《うんぬん》も、俺はそもそも深夏の圧倒的《あっとうてき》性能目当てだと思っていたが、どうやらそれだけでもないらしい。どちらかというと、「一緒にやっていて楽しいから」という理由で……深夏の人柄《ひとがら》を買って、勧誘《かんゆう》しているヤッらばかりのようだった。

で、そういう光景を、イヤという程見せつけられた俺はと言えば……。

「ん？　どうした、鍵。たこやき一個でいいのか？　もっと食わないのか？」

「いや……いいや。深夏、全部食っていいぞ……」

「そうか？　なら有り難く貰うけど。……んー、うめぇ。野球部は気が利《き》くなぁ」

「……」

なんか凹《へこ》んでいた。妙に凹んでいた。ハッキリとした理由は分からない。嫉妬みたいな、一つの単純な感情ではないのだと思う。色々複合しての結果だと思うが、とにもかくにも、俺は凹んでいた。

（深夏……人気ありすぎだろう）

それ自体に凹むことなど無いはずなのに。なんでだろう。俺の知らないところで、俺の知らない大活躍《かつやく》をして、俺の知らない評価を受けている深夏を見るのは……なんだか、ちょっと誇《ほこ》らしいと感じる部分もあると同時に、何か、チクリとした。

なんだか……俺と一緒に生徒会を楽しくやっている深夏は……椎名深夏という人間の、ホント一部でしかないんだと、言われたようで。

そして。

運動部のやつらの、深夏への対応や、親しげな様子を見ると……。深夏にとっては、生徒会も、こうした数多《あまた》ある運動部助っ人や交流の、一つでしかないんじゃないかと、考えてしまって。

俺にとっては生徒会が唯一《ゆいいつ》無二の存在でも、深夏にとっては、実はそうではないんじゃないかって、そんな風にまで……。

「？　なあ、どうした、鍵。まださっきのこと怒ってるのか？……あたしも悪かったよ、なんかピリピリしちゃってさ」

「いや、そうじゃないんだ。すまん……」

「ん？　ならいいけど。ほら、じゃあ、次は文化系の主要部活回ってみようぜ」

「ああ……」

俺は……こんな深夏に、相応《ふさわ》しい男に、本当に近づけているんだろうか？　そして俺は……深夏にとっては、あの菊池君や、他の部活生徒と同じ、沢山《たくさん》居る男友達の一人にしか、すぎないんだろうか。

いつもなら「そんなの関係ねぇ！　重要なのは、俺が深夏を好きだってことだ！」って言い切れるところなのに。

今日はなんだか、深夏をやけに遠く感じ、少し、落ち込んでしまっていた。

深夏視点

「はぁ……」

「………？」

どうもさっきから、鍵の溜息《ためいき》が多い。運動部でプリント回収している途中《とちゅう》ぐらいからだったろうか。目に見えて、鍵の元気が無くなっていた。

……あたしのせいだよな……そうだよな……教室で楽しそうに喋っていたのを、邪魔《じゃま》しちまったもんな……。今冷静になってみれば、あたし、本当にイヤなヤツだった。なんであんなことしたのだろう。鍵が、女子に好かれようとして日夜本当に頑張《がんば》っていて、その苦労がちゃんと報《むく》われた、そういう、こいつにとってなによりの報酬《ほうしゅう》たる場面だったのに
……それに水を差すなんて、かなり野暮なことをした。

たこやきを食べきり、器《うつわ》と爪楊枝《つまようじ》をゴミ箱に捨てる。……美味《うま》かったけど、美味くなかったな……。鍵と一緒に食った最初の一個が、一番美味かった……。

「おーい、深夏、手洗ってきてもいいぞー。俺先に吹奏楽部《すいそうがくぶ》行ってるからさー」

「あ、わ、わりぃな」

……こういうとこ、ホント気が利くよなぁ、あいつ。

あたしはすぐ側《そば》にあったトイレに入り、ソースがついてしまった手を洗った後、いつもはすぐに去るのだけれど今日は妙に前髪《まえがみ》が気になって、少し念入りに直してから、廊下《ろうか》に出た。

吹奏楽部の活動場所である、音楽室に向かう。

「失礼するぞー」

そう言いながら扉《とびら》を開くと、中から、またD組の時と同じように、笑い声が聞こえてきた。ただ、今度は女子だけじゃなく、男女入り交じった声だ。

様子を窺《うかが》うと、またアイツが中心になって、吹奏楽部の総勢二十人ほどの大集団に囲まれていた。

《ギィーィィィー！》

唐突《とうとつ》に歪《いびつ》で滑稽《こっけい》な音が室内に響《ひび》き渡《わた》る。何かと思って見れば、鍵が部員から借りたらしいバイオリンを弾《ひ》こうとしていた。

「あっれぇ？　おかしいなぁ……」

鍵が不思議そうにバイオリンを見つめる中、周囲の部員達は全員ゲラゲラと笑っていた。

「だから言ってるだろ、練習しないと無理だって！　オレのバイオリン、傷《いた》める前に返せよぉー！」

「まあ待って下さいよ。この万能イケメン主人公たる俺様には、弦楽器《げんがっき》の相性がすこぶるいいハズなんですって。…………よし」

《ぱおーん！》

「最早《もはや》バイオリンから出る音じゃねえからそれ！　か、返せってぇ」

「おかしいなぁ」

「おかしいのはお前のアニマル音楽だぁ――――――――――――!」

鍵に楽器を奪《うば》われたらしい生徒と鍵のやりとりに、部員達の笑い声が連鎖《れんさ》していく。

他人の楽器を粗末《そまつ》に扱《あつか》うのはどうかと思うが、見れば被害者《ひがいしゃ》生徒もなんだかんだ言って笑顔だし、見たところ、非常に不思議な音こそ出ているものの、決して楽器を暴力的に扱っているわけでもなさそうだ。

鍵はあたしの方を一瞬《いっしゅん》ちらりと見ると、本題を思い出したように切り出した。

「んなわけで、二年生の部員で生徒会に要望のある人ー」

「オレのバイオリンを返せ!」

「三年の方は、会長達までお願いします」

「要望云々以前に、後輩《こうはい》として先輩への態度がおかしいだろう!」

「仕方ないですね……はい、ちゃんと大事にして下さいよ」

「言われなくてもするさ!」

「で、他に、要望ある人いないッスかー?」

「はいはーい! 私、杉崎君に、吹奏楽部の雑用係になってほしいでーす!」

「うん、なんでそんな要望が通ると思ったんでしょうかね、C組の長居《ながい》さん」

「……だってぇ、私ぃ、大好きな杉崎君と一緒に部活動ぉ、したくてぇ……」

「この放置されたチェロは準備室に片付ければよろしいでしょうか、長居様」

「変わり身早ぇなおい！　長居のあからさまな色仕掛《いろじか》けにかかりやがって！　じゃ、じゃあオレっちの要望は――」

「はいはい、善処します善処します」

「清々《すがすが》しいくらいの性差別っ！」

鍵のボケ気味の応答（素だけど）に、部員達が楽しそうに笑う。音楽室全体が不思議な温かさ、そして一体感に包まれていた。

（……なーにが『どうしたらキミみたいになれる？』だよ、全く……）

一年の頃《ころ》……鍵が初めてあたしに声をかけてきた時のことを思い出し、苦笑《くしょう》する。

今とは違《ちが》い、ずっと硬《かた》く真面目《まじめ》な切羽詰《せっぱつ》まった顔して、真剣《しんけん》な眼差《まなざ》しで「他人を笑顔にする」っていうことの意味を訊《たず》ねに来たあいつ。

あの時は、なんて見当外れで、そして、愚直《ぐちょく》すぎるやつだろうと思ったし、実際あの頃のあたしも「あたしなんか目指してんじゃねぇ」みたいな答えで冷たくつっぱねたのだけど。……今この光景を見て、改めて思う。

（もうお前とっくに……あたしなんかより、よっぽど人の中心じゃねぇかよ……）

心からそう感じる。二年B組だって、あたしは一応委員長だし、クラスをまとめている自覚は勿論《もちろん》あるけど、でも、真の中心点はって訊ねられたら、悔《くや》しいけど、確実にあいつだって答える。

鍵はいつだって、皆《みんな》の「軸《じく》」だ。二年D組の女子達の時もそうだし、この吹奏楽部だってそうだ。いや、本当は、生徒会だって、そうなんだ。鍵が軸で、あたし達が力。独楽《こま》みたいだ。彼がいてくれるからこそ、周囲が気兼《きが》ねなく動ける。

「あ、杉崎、自分は購買《こうばい》に新メニューが――」「電子機器の使用を全面解禁――」

「あー、もう、吹奏楽部要望多すぎだっ！　お前らどんだけワガママなんだよ！」

『現生徒会役員に言われたくない！』

「おおう!?　お前らチームワークは抜群《ばつぐん》だな……。せ、生徒会はそんなに好き放題やってないぞ?　精々、学校をネタに本作ってみたり、アニメ作ってみたり、自主制作ゲームどころか本格的に商業用ゲーム出してみたり、あと会議中にニ○ニコ動画見てたりMAD作ってうpしてたりジャン○コミックス読んでたり筋トレしてたり犯罪計画練ってたりデイトレードしていたりお菓子《かし》食べていたりほっぺたムニムニされてたり、エロい妄想《もうそう》してたりナンパ活動していたり……するぐらいで、基本、皆真面目に活動しているんだぞ?」

『どこが!?』

……うん、まあ、人の中心は中心だけど、アホはアホだよな。鍵はホント、狙《ねら》ってやっているように見せかけて、実は天然という部分九割だからなぁ。あんま評価しすぎても違うんだよなぁ、うん。

「まったく、杉崎、お前ってヤツは……」

「ははは……おっと、あんまりダラダラしてらんないな。じゃあ、まあ要望はまともなのだけ持って帰るよ」

鍵は部員達にそう告げると、輪の中心を出てあたしの方へとやってくる。部員達は全員が鍵の方を見て、ニコニコ笑っていた。

「暇《ひま》だったらまた顔出せよ、杉崎」

「杉崎君、私、ずっと待ってるから……。…………便利な雑用係として（ボソ）」

「おう、またなー！」

鍵が手を振《ふ》り、あたしも軽く挨拶《あいさつ》しながら、吹奏楽部の部室を出る。廊下を歩きながら、鍵が「わりぃ」と小さく謝《あやま》ってきた。

「ちょっとふざけすぎたな。待たせて悪かった、深夏」

「ん？　いや、いいよ、そんなに待ってねぇし。……ところで鍵、お前、随分《ずいぶん》吹奏楽部と仲良さそうだったじゃねぇか。知り合い多かったのか？」

あたしの質問に、鍵は少しきょとんとした表情で答えてくる。

「んにゃ、全く?」

「え?……だってお前、なんか、やたら仲良さそうに……」

「いんや、全員、ほぼ全くの初対面だったけど? あ、可愛い女子の名前を一方的に知っていたり、廊下で数回すれ違った程度かな」

「……………」

あたしは呆《あき》れたような、納得したような、なんとも妙《みょう》な気持ちになる。

「まったく……よくもまあ、初対面であそこまで……」

「まあ、喋《しゃべ》るのが初めてってだけで、同じ碧陽《へきよう》学園生徒だし、あっちは俺のこと知ってくれているしな」

「それにしたって……」

こういうのが、あたしにはマネ出来ないところだ。あたしだって自分は社交的な側の人間だとは思っているが、流石《さすが》に最初からあそこまで全力で打ち解けられやしない。

こいつはいつだって、自分を全力でさらけ出している。駄目《だめ》な部分も含《ふく》めて、全部。だからこそ、相手の心も自然と開かせてしまうのだろう。

つくづく変なヤツだと思う。初めて会った時は、あんなに頑《かたく》なで、ガッチガチに凝《こ》り固《かた》まった人間だったのにな……。なにが鍵をそんなに変えたのだろうか。あたし達……なんだろうか。鍵自身は多分そう言うだろうけど……本当は、ちょっと違う気がする。

隣《となり》を歩く鍵の横顔をちらりと見る。変わったというよりは、コイツは多分、最初から、根っこがこういうヤツだったんだろうな。あたしと出会ったあの頃の状態が、むしろ、イレギュラーであって。元来こういうヤツだからこそ、林檎《りんご》ちゃんもあそこまでブラコン気味になったのかもしれねぇな。

でもそう考えていくと、そもそも、そういうこいつの根っこの根っこを形成したのって、やっぱりあたし達なんかじゃなくて、家族とか、それこそ、幼い頃からずっと一緒《いっしょ》にいたっつう幼馴染《おさななじ》みの女の子の影響《えいきょう》が強いんじゃ――

「………………」

「ん？　どうした？　深夏」

「……あ、いや、なんでも……ねえよ」

「？」

取《と》り繕《つくろ》いながらも、胸の前でぎゅっと拳《こぶし》を握《にぎ》る。……なんだなんだ？　なんか今、一瞬、息が出来なくなったぞ。びっくりしたぁ。体調不良か？　風邪《かぜ》さえ滅多《めった》にひかないあたしだから、本気で驚《おどろ》いちまった。えーと、なんだっけ。どこまで考えたっけ。

そうそう、鍵に本当に影響を与《あた》えたヤツって、やっぱり、あたしなんかじゃなくて幼馴染みの子だっていうとこまで——

「…………」

「お、おい、深夏？　どうした？　胸押さえてうな垂れて……」

「い、いや、なんかさっきから胸に刺《さ》すような痛みがな……」

「ええ⁉　それ、なんかヤバイだろ！　保健室……っていうか、救急車だ、救急車！」

「ま、待て鍵！　大丈夫《だいじょうぶ》だ、救急車は呼ばなくていい」

「ええ？　いや、そういうのは、一度ちゃんと診《み》て貰《もら》った方がいいって！　お前がなんと言ったって、俺が限りなく心配なんだよ！」

鍵のヤツ、そんな、マジな顔してあたしを覗《のぞ》き込んで心配そうに……って、あ。

「なんか治ったぞ？」

「治ったの⁉　なんで⁉　何キッカケで⁉　っていうか治ってねぇって絶対！　あの孫○空でさえ心臓病に苦しんだんだぞ⁉　一度病院行った方が絶対——」

「とりゃ！」

「ぐはぁ⁉」

「ほら、いつも通り絶好調のあたしだろ？」

「わざわざパンチで示さなくていいよ！　けど……まあ、確かに、いつも通りの威力《いりょく》だったな……」

どうにも納得出来ていない様子ながら、しかし、あたしがケロっとしているため、鍵はしぶしぶといった様子で引き下がる。

「でも、深夏。調子悪かったら言うんだぞ？　絶対だぞ？　絶対だからな？」

「分かった。『絶対』だな？……ニヤリ」

「『絶対押すなよ！』的フリじゃねえよ！　ちゃんと言うんだぞ⁉　な⁉　な⁉」

鍵が凄《すご》く心配げな様子であたしを見てくれている。なんだよ、いつもふざけているクセに、こういう時は本気であたしのこと………。

「ん、なんか、今日めっちゃ調子よくなってきた！」

「なんで⁉」

「ほらほら！　とりゃ！」

「ぐひゃぁあああ⁉　痛さ四割増し！」

「安心したか？」

「負傷したわ！」

鍵があたしに殴《なぐ》られた頬《ほお》をさすりつつ涙目《なみだめ》で反論してきていたが、あたしは、上機嫌《じょうきげん》で鼻唄《はなうた》を口ずさみながら腕《うで》をぶんぶん回した。いやぁ、なんか今日はすこぶる調子いいなぁ！

さて、あたし何考えてたんだっけ？　あ、そうそう、鍵の幼馴染みは彼にとってとても大きな存在なんだろうなという——

「……鍵。あたしに構わず、先に行け……」

「なんで急に廊下《ろうか》に伏《ふ》せってらっしゃるの!?　もう救急車呼ぶからな！　なぁ俺がどんだけお前のこと心配か、分かってくれ——」

「お、なんか急に絶好調だぜ！　ほら、でやぁ！」

「ぶべらぁあああああ！　救急車を！　むしろ俺に救急車を！」

そんなわけで、その後数回このやりとりを繰《く》り返《かえ》しつつ、あたし達は回収作業を終えて生徒会室へと帰還《きかん》した。

杉崎視点

「他の皆は……まだか」

ザッと回収作業&要望聴取《ちょうしゅ》が終わったため深夏と二人生徒会室に戻《もど》ってきたはいいものの、他の皆はまだ帰還していない様子だった。

俺は深夏の椅子《いす》を引き、「ほら」と声をかける。

「座《すわ》って休んでいろよ。あ、暖房《だんぼう》強くするか？　保健室から毛布貰ってくる？」

「だーかーらー、大丈夫だっつってんだろ」

「ホテルとる？　ティッシュある？　避妊具《ひにんぐ》いる？」

「なんの心配してんの⁉　お前実はあたしの体調全然心配してねぇだろう⁉」

「そ、そんなことねぇよ。じゃあ……レモン食う？　クラシックかける？　もうベビーベッド買った？　名前決めた？」

「妊娠《にんしん》もしてねぇから！」

「入院中に読むよう、グラッ〇ラー刃牙全巻は……」

「いる。バキと範間〇牙もよろしく」

「あ、それはいるんだ」

「とにかく！　そんなに心配しなくていいから！」

「そうは言うがな……」

どうも吹奏楽部《すいそうがくぶ》の後から調子が悪そうだった深夏が本気で心配で、俺は顔をしかめる。

変な話、普段《ふだん》病気なんかしそうにない元気少女たる深夏だからこそ、なんだか俺は余計に心配なのだ。こいつの場合、何か重大な病気を患《わずら》っていても、気合いで日常生活をこなしてしまって、手遅《ておく》れになったりするケースがありありと想像出来るからな……。

深夏がいつものようにぐでーんと椅子に腰《こし》を預ける中、俺は隣に座りながらも、彼女の顔を覗き込んで様子を窺《うかが》う。

「うーん、心なしか、頬の筋肉がいつもより二パーセントほど緊張《きんちょう》しているような……」

「お前どんだけあたしに詳《くわ》しいんだよ！　気持ち悪ぃよ！　むしろそれで体調崩《くず》すわ！　いいから、もう、大丈夫だって！　ホントに！」

「ホントに？」

「ホントに！……その、心配してくれるのは嬉《うれ》しいっていうか、慣れねぇからくすぐったいっていうか、悪くねぇけどさ……」

頬を紅《あか》くしながらそっぽを向く深夏。急にそういう態度をとられると、今まで一切邪《よこしま》な気持ち無く純粋《じゅんすい》に、ノーガードで心配していた俺も妙に照れくさくなってしまい、とっさにふざけることも出来ず、ただ、

「あ、ああ……」

と微妙《びみょう》な反応だけで終わってしまう。

『……………』

静寂《せいじゃく》。生徒会室に沈黙《ちんもく》がおりる。以前深夏と二人きりになった時もそうだし、会長と二

人の時もそうだったが、基本、「生徒会室」は「五人で駄弁《だべ》る場」のイメージが強すぎるため、改めて二人とかになると、どうにも調子が出ない。それこそ、二人で校内回ってた時は、多少のケンカこそあれ、こういうギクシャクはなかったというのに。

深夏も気まずかったのか、少し強引で意味不明な話題を切り出してきた。

「け、鍵は前からそういう感じだったのか？」

「へ？　前からそういう感じ？」

何を問われているのか全く分からず聞き返す。深夏は「あー」と少し焦《あせ》った様子で、説明を続けてきた。

「えと、だから、あたし達と会う前っていうか、高校生になる前……例えば中学とか、小学校時代のお前は、どんな子だったのかな……って」

「なんだよ、急に。今日のアンケート回収になんか関係あるのか？」

「や、なんつうか……今日のお前見ててちょっと……さ」

「ふーん？」

なんだかよく分からないが、折角切り出してくれた話題なのだし、真面目《まじめ》に答えるか。

「そうだな……前も言ったけど、ザッと説明するなら、今の俺からエロキャラを少し抜《ぬ》いたら、碧陽学園以前の俺、かなぁ」

「一年に会った時は、なんか硬《かた》そうだったけどな」

「あー、深夏と出会った頃《ころ》は、会長のおかげで荒《あ》れてもいなかったんだが……なんつうか、色々見失っていた時期だったからなぁ」

「じゃあ、それ以前のお前は、やっぱり今みたいな……」

「んー、まあ、そうかな。今みたいに、ギラギラでモテモテでピカピカしてた」

「全然今みたいじゃねえ！」

「某聖杯《ぼうせいはい》戦争的に言えば、ギル○メッシュ的男だった」

「それはあまり自慢《じまん》出来るステータスではないんじゃ……あの金ピカさん的キャラがリアルにいたら、かなりイヤだぞ」

「そんな俺だから、当然人気だったぞ。どれくらい人気だったかというと、当時ピカ○ュウと人気を二分していたぐらいだ」

「国民的人気！　っていうか本当のこと言え！」

怒《おこ》られてしまったので、仕方なくボケるのをやめる。

「んー……まあ確かに、基本的な部分という意味じゃ、今とそう大差は無いかな。そりゃ俺だって日々成長しているつもりだし、中二の頃はよく封印《ふういん》された右手が疼《うず》いていたり眼帯で魔眼《まがん》を塞《ふさ》いでいたりはしたが……」

「成長してくれて本当に良かった」

「そういう誰《だれ》にでもある変化を除けば、まあ、そんなにごっそり価値観変わったわけではないなぁ……。精々、人斬《き》りをやめたぐらい？」

「某剣心さん並に変わってんじゃねえかよ人柄《ひとがら》！」

「ごめんごめん、冗談《じょうだん》。期待外れかもしれんが、少なくとも、中学時代や小学校時代が、大人しい子だった、みたいなことはないぞ。特別女子だけに優《やさ》しいってこともなかったけど、その分、普通《ふつう》にハッラッしていたというか」

「そっか。やっぱお前は、昔っからそういう社交的なヤツなんだな……」

「まあ、ずっと一緒《いっしょ》に居た幼馴染《おさななじ》みが人気者だったからなぁ。それに付き合っているうちに、自然とそうなったとこあるのかな」

「っ」

「うん、そう考えると、こういうツッコミ属性的な部分も、テンションも、ほぼ飛鳥《あすか》のヤツのせいと言え……って、どうした？」

なんか深夏が顔をしかめてしまった。……なんか変なこと言っただろうか、俺。あ、また体調が？

「だ、大丈夫か、深夏？」

「ん、ああ、大丈夫《だいじょうぶ》だ。………。……うん、ホント、大丈夫だ。これ……やっぱり病気とかじゃ、ねぇみたいだわ」

「？」

深夏は一人何かに納得したように頷《うなず》くと、背もたれに思いっきり体重を預け、椅子の後ろ足でバランスをとりながら、溜息《ためいき》混じりに呟《つぶや》いた。

「はーあ、まいったなぁ……」

「？　まいったの？　病気じゃないのに？」

何を言っているのか全く分からない。今日の深夏はどうしたんだ。本当に調子悪いんじゃなかろうか。

しかし俺の心配に反して、深夏は笑顔だった。

「そっかそっか。でも成程《なるほど》ねぇ……そっかぁ」

「なに一人で納得してんだ？」

「いや……なんつうか、スッキリしたっつうか。うん、なんか、認めちまったら、案外楽になるものなんだなって」

「な、何を言っているのか全く分からないんだが……。だ、大丈夫か？」

熱でもあるんじゃないかと思い、俺は、深夏の額に手を当てる。……うーん平熱だ。しかしやっぱりおかしいよなぁ。どれ、手じゃちゃんと分からんし、おでことおでこを合わせて……うーん？　あれ？　やっぱり特に熱は——と、行動してから気付いた。

「………………」

深夏の顔が、目の前にある。お互《たが》いの息が、完全に、かかっている。

や、やべっ、これ、セクハラだとか言ってまた殴られるんじゃ——

「……あれ？」

しかし、目を瞑《つぶ》って待てど暮らせどいつものように深夏から拳《こぶし》が飛んでこなかった。それどころか、ちょっと上機嫌そうにニコニコしている。……こ、これは、本格的におかしいぞ！

あまりに怖《こわ》いので、俺は自主的に彼女から離《はな》れようと……して、唐突《とうとつ》に、頭をぐいっと戻された。ごちんと額が再び深夏にぶつかる。

「って！　へ、ヘッドバット!?　あ、あー、そういう路線に切《き》り替《か》えたのか」

「？　なに言ってんだ？　あ、痛かったか、わりぃ」

「へ？　いや、それはいいけど……」

……えーと、なんでしょうか、この状態は。深夏がジーッと俺を見ている。なんか楽しそうだ。これからの暴力を想像してそんな表情なのかとも思ったが、しかし、一向に二撃目がこない。？？？。

俺が混乱していると、深夏が俺の頭を押さえて額をくっつけたまま、実に楽しそうに呟いた。

「そっかそっかぁ。うーん、悔《くや》しいけど、やっぱり、そうっぽいよなぁ」

「？？？　え、えーと……」

やべぇ。深夏さん、何かいけない電波でも受信されているのか？　この前テレビで深夜に観た「悪魔《あくま》に憑《つ》かれた少女」をテーマにしたC級映画を思い出す。これは……なんか俺、油断したら殺されるフラグじゃね？　ひ、ひぃぃぃ。

深夏は俺とおでこをぴったりくっつけ、喋《しゃべ》る度《たび》にかかる息に俺が色んな意味でドッキドキしているのにも構わず、楽しそうに続けていた。

「うん、楽しい、嬉しい、幸せだ」

「何が!?　え、何が!?」

深夏の想定外の不思議発言に、俺の恐怖《きょうふ》たるやもう頂点ですぜ、奥《おく》さん。しょんべんちびりそうです。

「そうだよな……あたしにとって他のヤツとは、やっぱ、明らかに違《ちが》うよな……」

「ち、血が美味《おい》しそうとかでしょうか？」

「……ふふっ」

「ひー！」

笑ったよ！　なんか笑ったよ、この人！　食べられるぅー！　助けてぇー！　深夏の暴力が、ワンランク上の領域に突入《とつにゅう》しちゃいましたぁー！

気付くと、深夏の両腕《りょううで》が俺の首に回っていた。普段だったら恋人《こいびと》同士のドキドキシチュエーションかと思うところだが、今ばかりは、ここからどんなエグイ殺《や》り方にもってくのかという想像ばかり膨《ふく》らんでしまいます。イメージ、首が360度回る俺。

俺の切羽《せっぱ》詰《つ》まった様子は一切《いっさい》無視して、深夏が相変わらず楽しそうに呟く。

「鍵」

「はい」

「鍵」

「はい」

「……へへっ♪」

「（いやぁあああああああああああああああああ!?）」

怖ぇえええええええええええええええええええええええ⁉

なにそれ！　なんの確認⁉　俺のあやふやな怪奇《かいき》知識から、悪魔に名前を呼ばれたらどうこうという、妙《みょう》に不吉《ふきつ》なデータが検索《けんさく》されてくる。あわ、あわ、あわわわわ⁉

これはあれだ。何かに似ていると思ったら、クラスメイトでアイドルの巡《めぐる》から感じる威《い》圧感《あっかん》と、全く同種だ。同じくクラスメイトの中目黒善樹《なかめぐろよしき》のオーラにも相似だ。どういうことだ。二年B組は何かに感染しているのか⁉

深夏は全く俺を解放する様子もなく、一人、どんどんテンションが上がっている様子だった。心なしか、さっきから頬《ほお》が紅潮して、息遣《いきづか》いも少し荒《あら》い。……す、吸われる⁉　血とか生命エネルギー的なものを吸われる予兆⁉　イメージ、完全に干《ひ》からびた俺。

「あうあう、あぅ……」

あまりの恐怖で言語中枢《ちゅうすう》まで一時的にやられた。深夏は実に楽しそうだ。

「はは、照れてんのか？」

「え、いや、照れてなんか……」

むしろ怯《おび》えているんですが。どうして伝わらないでしょうか、この感情。もはや貴女は、人間の感性さえ失っていらっしゃるのですか？　そうなんですね？

「鍵はそういうとこ、可愛いよな……」

「可愛い⁉　俺を、深夏が、可愛い⁉」

決定的だ。こいつは、もう、深夏じゃない！　絶対深夏じゃない！　深夏の体を操《あやつ》る、何かだ！　何か、とんでもねぇ存在だ！　日頃《ひごろ》の破壊《はかい》活動に目を付けられ、遂《つい》に、ク○ゥルフ的な超《ちょう》存在が入り込んだに違いない！　やり口の恐怖レベルが度を超《こ》している！

「なぁ……鍵……あたしさ……」

「な、なんですか」

なんで顔近づけるんですか？　やるんですか？　いよいよ、殺っちゃうんですか？

「この気持ち……確認させて……くれない、かな」

「や、え、え？」

血を吸いたいという衝動《しょうどう》の確認⁉　それとも人を貪《むさぼ》りたいという気持ちの——

「鍵……」

「う……」

深夏の唇《くちびる》が、近づいてくる。なんだこれ。なんだこれ。なんだこれ。

普通に考えたら、滅茶苦茶《めちゃくちゃ》嬉《うれ》しい、小躍《こおど》りしたくなる状況《じょうきょう》だ。実際、以前からずっと求めていた彼女の顔が近づいてくることに、異様な高揚《こうよう》を覚えている俺も確かに存在する。

しかしっ！　しかし！

やはり九割、恐怖！　恐怖の感情が、俺の体を完全支配しております！

ああ、でも嬉しい！　これが最後だとしても、最後に彼女の唇の感触《かんしょく》を得られるのなら、まあ満足出来る人生だったとも――いや、やっぱり思えないだろう！　いやだ！　童貞《どうてい》のまま死ぬのはイヤだ！　死と引き替えにするなら、せめて、せめてもう少しエロい何かと引き替えがいーい！

でも目の前に迫《せま》った彼女の唇の、柔《やわ》らかそうなこと、気持ちよさそうなこと、蠱惑《こわく》的なこと――

様々な感情が俺の中に渦巻《うずま》き、結果、出た言葉は――

「優《やさ》しく……して下さい」

目を瞑り、ぷるぷると震《ふる》える。瞬間《しゅんかん》――

「……ぷっ！　あはははははははっ！　なんだそれ！　あはははははっ！」

「？？？」

恐《おそ》る恐る目を開くと、深夏はすっかり俺から離れて、腹を抱《かか》えて楽しそうに笑っていた。

「み、深夏？」

「あはははははっ、いや、わりぃわりぃ、お前があんまりに変なこと言うもんだから」

「はぁ」

変なこと言ってたのはどっちだ！　俺はもう何が何だか分からず、ただただ呆然《ぼうぜん》とする。

深夏はひとしきり笑い終わった後、今度こそいつもの調子に戻《もど》った様子で、俺の方を向いてきた。

「うん、でも今ので逆にちゃんと分かったわ。あたしのこの気持ちは、一時の盛り上がりや気の迷いみたいな、そういうのじゃ、絶対ないんだって」

「お前……さっきから俺に向かって喋ってないだろ？」

「ん？　ああ、わりぃな、これはあたしの、あたしとの対話かな」

「………………」

や、やっぱり何かに取り憑かれているんですか？　そうなんですか？　実際には怖くて訊《き》けないけど。ああ、深夏を攻略《こうりゃく》するとか言いながら、全然踏《ふ》み込めない俺をお許し下さい、神様。そして出来ることなら彼女をお救い下さい、主よ。

そうこうしていると、廊下《ろうか》から会長の、いつものキンキンした遠くからでもよく通る声が聞こえてきた。同時に、彼女の「あ、真冬ちゃん、今帰り？」という言葉から、全員が一斉《いっせい》に戻って来た事を悟《さと》る。

「お、皆《みんな》戻って来たみたいだな、鍵」

「そうだな……」

……ホッ。これで悪魔との緊張《きんちょう》のやりとりは終わる。ふぅ、良かった良かった。

「なあ、鍵」

「ん？　いったい何――」

《――フ――》

一瞬《いっしゅん》、唇に何かが触《ふ》れた感触。あまりに一瞬すぎて、まるで風が通り過ぎただけのように淡《あわ》く、一瞬で消えてしまったものの、しかし、確実に何かが触れたという実感のみが残って――

「――え？　え？　え？」

何がなにやら分からない。え？　何？　どうした？　なんか一瞬深夏の顔がえらい近くになかった？　あれ？　なかった？　さっきまでおでこくっつけてたから、ただの幻《まぼろし》？

深夏？　深夏？

深夏を見る。しかし彼女は、至っていつも通りの悪友的微笑《ほほえ》みでニヤニヤするのみ。

「ま、今日のところはこれぐらいで満足しとくさ。へへっ」

「え？　え？　え？」

今日のところはこれぐらいで満足？　満足？　唇、満足、体調がすっかり快復して元気
そうな深夏――

…………。

ハッ!?

「生命エネルギー吸われたぁああああああああああああああ!?」

「？」

「たっだいまー！　お、杉崎と深夏戻ってたんだね」

「おう、会長さん、こっちはバッチリだぜ！　ほら、プリント」

「どれどれ――」

「だ、駄目《だめ》だ会長！　いや、皆《みんな》も！　今の深夏に、近づくなぁ――――！」

『はぁ？』

全員が、俺を可哀想《かわいそう》な子扱《あつか》いで見下す中。

深夏だけが、俺をなんだかいつもと違《ちが》った目で、優しそうに見つめていた。

………………。

碧陽学園生徒会。

そこには何か、恐ろしい存在が入り込んだ気がしてならない。

【楽園からの帰還～後編～】

「あのぉ、枯野《かれの》さん？」

「なんだ、クソガキ」

私は隣《となり》のシートに座《すわ》るクソガキ……杉崎鍵《すぎさきけん》へと、しかめっ面《つら》を向ける。彼は俺に歪《いびつ》な笑顔で話しかけてきていた。

「その……こうして飛行機に間に合わせて頂いたこと、ありがとうございました」

「ふん、気持ち悪い。《企業《きぎょう》》の力をもってすれば、造作も無いことだ」

「なんか相変わらずですね……その色々過信気味な感じ……」

「とにかく、（社会復帰のために）私はお前を全力でサポートするぞ」

「そこだけ相変わらずじゃない！　悪役が改心して味方になる展開はよく見るけど、そのまんま、むしろ悪態が酷《ひど》くなって帰ってきて仲間になるって、どういうこと⁉︎」

「五月蝿《うるさ》い。黙《だま》れ。虫酸《むしず》が走る。呼吸を最小限にしろ」

「一度無様に負けた人とは思えない態度のデカさ！」

相変わらず小憎《こにく》たらしいガキだ。大人への敬意というものがない。バイトを複数こなしているというから、ある程度は社会というものを知っていると思っていたが……どうやら、見込《みこ》み違いだったようだ。

飛行機の窓から外を眺《なが》める。あたりは一面雲ばかりで、特に見所も無かった。が、ずっとあの島で何の娯楽《ごらく》も変化も与《あた》えられず過ごしてきた私からすると――

「……あのぉ、枯野さん。そんな、子供みたいに、目をキラキラさせて窓にかぶりつかなくても――」

「ハッ！　こ、コホン！　五月蠅い。黙れ。虫酸が走る。……照明を最小限にしろ」

「めっちゃ風景見たいんですよねぇ⁉　照り返しが気になるんですよねぇ⁉」

「ふ……私をなんだと思っているのかね、君は。あの、枯野恭一郎《きょういちろう》だぞ？」

「いや、そんなオー〇リーの春日みたいな態度で来られましても困るんですけどね」

「世界を股《また》にかけ、経済を牛耳《ぎゅうじ》り、人を手玉に取ってきた尊い存在、枯野恭一郎だぞ」

「うん、それはいいから、とりあえず、風景から目を離《はな》せ。喋《しゃべ》る時は、人の目を見て話せ。これ、大人のマナー」

「…………」

「すっげぇ残念そうな顔でこっち見た！　いいよ！　じゃあ、風景見ていていいよ！」

「……ふん、全く、面白《おもしろ》みの無い景色だな……。………」

わぁ、あの雲、鯛焼《たいや》きみたーい。お、雲の切れ間から見えるのは……富士山か!?

「すっごい嬉《うれ》しそうですね！　ニヤけが全然抑《おさ》えられてませんがっ！」

「さて、お前の幼馴染《おさななじ》みや義妹との三角関係、並びにハーレム思想の終着点についての話の続きだが」

「心ここにあらずで人の核心《かくしん》に迫《せま》る話を切り出さないでくれますかねぇ！」

うっさいガキだ。私は、今、富士山を見ているのだ。ガキの青臭《あおくさ》い恋愛《れんあい》話なんざ、正直全く興味無い。が、サポートという役割である以上、情報は把握《はあく》せねばなるまい。

「気にせず話せ。実際私は有能な男だ。風景に心を奪《うば》われながらお前の話を聞くことも出来るぞ」

「いや、そういう問題じゃなくてですね……。こう、人の人生に関《かか》わる真面目《まじめ》な話を聞く態度というか、誠意的なものがですね……」

私は彼を無視して風景を眺めつつ語る。

「昔、本当に多忙《たぼう》を極《きわ》めた時期は、朝食を食べつつ女を抱《だ》きつつ経済新聞を読みつつ電話をしつつメールをしつつ剣玉《けんだま》しつつハ○パーヨーヨーしつつゲー○ボーイしつつ会議しつつ企画書《きかくしょ》書きつつ流鏑馬《やぶさめ》をしていたこともあったぐらいだからな！」

「あんた色々乱れまくってんな！　あとそれ自分から忙《いそが》しくしてんだろう！　半分ぐらい、古い娯楽が含《ふく》まれていた気がしたんだがっ！」

「だから、安心して話せ。心ここにあらずで、相談に乗ってやろう」

「いやだよ！　そもそも相談相手の人柄《ひとがら》がいやだよ！　そして相談乗るならせめて真面目に聞いてくれ――って、ああもう！　もう、相談相手として最悪すぎるでしょう！」

「……え？　なに？　富士山見ていて聞いてなかった」

「全然両立出来てねぇ――――！」

「クソガキよ……この私が、そんなに信頼《しんらい》出来ないかね。キミと私の仲だろう」

「完全に敵ですがっ！　これ以上無いというぐらいの敵ですがっ！　あと、人をクソガキ呼ばわりする人をどう信頼しろとっ⁉」

「やれやれ……金か？　金が欲しいのか？　いくらだ？」

「もうその発想が残念すぎます！　どんだけ悪役街道突《つ》っ走《ぱし》っているんですかっ！」

「……あぁ、富士山見えなくなっちゃった……しょぼん……」

「妙《みょう》な部分だけピュアになって帰って来ましたね、あんた！　もっとバランスとれ！」

さっきからぎゃあぎゃあと五月蠅いガキだな。仕方ない……富士山も見終わったし、どうせすることもないから、テキトーに聞いてやるか。

「ほれ、こっち向いたぞ。では話せ。お前の下らん青臭い思想と吐《は》き気《け》のするお友達ごっこ、恋愛ごっこを描《えが》いた低俗《ていぞく》なライトノベル的物語でも、聞かせてくれ。あまりに下らなくて、眠《ねむ》らない自信はないがな」

「もう絶対相談しねぇ！　あんたにだけは、何があっても相談しねぇ！」

おうおう、ガキがむくれてしまったぞ。これだから、直情型のガキは……。やれやれ。大人の対応を見せてやることにするか。

「どれ……キャビンアテンダント！　キャビンアテンダント！」

「はい。どうかされましたか、お客様」

私はキャビンアテンダントを呼びつけると、ガキに聞こえるように、要求してやった。

「コイツに淫《みだ》らなサービスの一つでもしてやってくれ。金は言い値で払《はら》――」

「あんた頭おかしいんじゃねえの⁉」

言い切る前に、クソガキが絶叫《ぜっきょう》してかき消されてしまった。呼びつけたキャビンアテンダントは意味が分からなかったようで、キョトンとしている。ガキはそれを丁重《ていちょう》に追い払ってから、こちらを睨《にら》み付けてきた。

「ば、ば、ば、馬鹿《ばか》じゃねえの!?　なに!?　どういうつもり!?」

「どういうつもりも何も……男の機嫌《きげん》を直す方法など、金を渡《わた》すか女をあてがうかだろう」

「あんたホント俺と別世界で生きてきたタイプだな！　考え方が残念すぎて話にならねぇ！」

「ぬ？　ああ、あれか。お前実は、男色か？　そうだ、確かクラスメイトの中目黒《なかめぐろ》なんたらと……」

「違《ちげ》ぇよ！　そういう問題じゃねぇよ！　とにかく……ああ、もう、ホントムカックなぁ、あんた！　味方なのは状況《じょうきょう》だけで、思想はやっぱり全く受け付けねぇ！」

「その言葉、そっくりそのまま返してやろう」

私と杉崎鍵はしばし睨み合った後、お互《たが》い、ふんとそっぽを向いた。全く、ガキはこれだから困る。下らない正義、倫理《りんり》を妄信《もうしん》し、現実的な利益を汚《きたな》いモノとして見る。

欲しいモノを得るために金を使うことの、何が問題だ？

欲望《よくぼう》を満たすために交渉《こうしょう》することの、何が悪だ？

分からない。私が大人だからか？　いや、違うだろう。私も子供の頃《ころ》、正義を信じていたかと言ったら……そうではない。

一般《いっぱん》の子供はアニメや特撮《とくさつ》モノ……そう、あの椎名深夏《しいなみなつ》が好きそうなものに影響《えいきょう》されて正義や友情を妄信するようだが、私にはそういう経験が一切《いっさい》無い。

物心ついた頃には、既《すで》に、「学ぶ」ことが私の全てだった。母親に提示されたノルマをこなすことが子供時代の全て。「遊び」が入り込む余地などない。

彼女の期待値を上回れば、母は、温かい母だった。

彼女の期待値を下回れば、母は、他人以下の冷たい存在だった。

勘違《かんちが》いして貰《もら》っては困るが、それが不幸などと思ったことは一度も無い。当然のルールで、分かりやすい構図だろう。

無能な人間に、自分で勝利を摑《つか》めない人間に、幸せになる権利など無い。当然だ。

そのルールに従って、私は、生きてきた。言うなれば、そのルールの中で常に勝ち組たりうる私という存在こそが、唯一《ゆいいつ》の正義だった。

だからこそ……だからこそ、私は、この隣のクソガキに苛立《いらだ》つのだ。私と違うルールの中で生きて——いや、違う。そうではない。

以前は気付かなかったが……この、杉崎鍵だけに対する、妙な苛立ちの正体は……。

「……私は、どこかで、お前は私と似ていると思っていたのだ」

「はぁ!?」

私の唐突《とうとつ》な呟《つぶや》きに、杉崎鍵が、思い切り振《ふ》り返《かえ》る。……ムカツク顔だ。私は視線を窓の外にやったまま、続けた。

「だからこそ、貴様に私の考え方を否定されることに、苛立ちを覚えるのだろうな」

「ちょ、何勝手に悟《さと》ってんの!? 俺とあんたは、そもそもどう考えたって全然違う――」

「幸せになりたいなら、努力する。幸せは、自分の手で掴む。私も、そう、信じている」

「…………」

そこで、杉崎鍵は黙りこくった。私は更《さら》に、独り言のように、続ける。

「友情や恋愛に重きをおく思想は分からん。しかし……下らんこととはいえ、ハーレムという自分の欲望のために、愚直《ぐちょく》ながらも、狡猾《こうかつ》さに欠けながらも、最大限の努力を行いそれを掴もうとする貴様の姿勢を、私は、評価していた。……世の中には、幸せがあっちから来るのをただ待っているような、吐き気のするクズが多いからな」

「…………」

「目指すモノは全くもって違うが、私だってそうだ。自分の欲望……いや、野望を満たすために、最大限努力してきた。そのためなら、手段など厭《いと》わずにな」

「まあ……その辺は、俺と全く違いますがね。手段を厭わないヤツは、最低だ」

「ふん、だからお前はガキだと——いや、そうも言えないか。手段を厭わなすぎて、こうして《楽園》送りになどなってしまったことに関しては、私のミスでもあるか」

「そういう問題じゃないけど……」

「だからこそ……」

私はそこで窓の方から視線を外し、彼の方に、しっかりと、体を向けた。

「悲しいかな、本当のところ、私はお前の出した結論に、とても興味があるのだ」

「…………」

彼の目を見て、話す。しかし彼は、すぐに、ぷいっと視線を通路側にやってしまった。

……ふん。やはり下らん。金も女も要《い》らんというから、もう、私個人のどうでもいい感情を吐露《とろ》してみたが……だからどうなるというのだ。所詮《しょせん》は、相容《あいい》れぬ者同士。彼と私では、信じるものが根本的に——

「……飛鳥《あすか》に、ハーレム思想について、否定されたところまで話しましたっけ」

「?」

唐突に、彼は、全くこっちを見ずに……しかし、少しだけ頬《ほお》を紅《あか》くしながら、語り始めた。……なんだこいつ。話すのか。……全く意味が分からん。

しかし、ここで無駄《むだ》なちゃちゃを入れて機嫌を損《そこ》ねることもあるまい。

私は……どうやら杉崎鍵が異様に照れくさそうなので、こちらはこちらで、窓の外を眺《なが》めながら聞かせてもらうことにした。

お互いに別々の方を向いたまま、彼の、核心に迫る話が、開始された。

＊

「ケン、私だけを見て。アンタが私だけを見てくれないと、私は、幸せに、なれない」

飛鳥がそう告げてから、場は静寂《せいじゃく》に包まれたまま、ただただ時間が経過していた。

夜の露天風呂《ろてんぶろ》……お互い姿は見えないといえども裸《はだか》という、こんな話をするにはどうにも間の抜《ぬ》けた状況が、むしろ、なんだか俺達らしいなと少しだけ笑う。

考えるまでもなく、答えなんて、もう、出ていた。

彼女の問いに即答《そくとう》しなかったのは、だから、揺《ゆ》らぎからではなくて……覚悟《かくご》のためだ。

俺は知っている。この問いが、本当は決して、彼女の……飛鳥自身だけの気持ちでは、ないということを。

むしろ、飛鳥は、ただ、自分からこの役目を買って出てくれただけなのであると。

だからこそ、俺は、飛鳥だけに向けて、この答えを返してはいけない。

俺が大好きで、そして、相手にも俺を好きになって貰いたい……そう望んでいる人々全てに、胸を張って答えなければいけない。


会長のことを想わなくてはいけない。

知弦《ちづる》さんのことを想わなくてはいけない
深夏のことを想わなくてはいけない。

真冬《まふゆ》ちゃんのことを想わなくてはいけない。

それだけじゃない。

自分をこれから好いてくれるかもしれない……そんな人のことを、想わなくてはいけない。

俺は暗い夜空を見つめながら、それぞれの顔を思い浮《う》かべ……そして、その誰《だれ》もが飛鳥と同じように望んでいると考えた上で……。

質問から、約一分後。

俺は問いに対し、ハッキリと、自信を持って答えた。

「い・や・だ！」

「はい合格」

溜《た》めた割には、お互いあっさりしたやりとりだった。俺のたった三文字の簡素な答えに対し、飛鳥はなんの感慨《かんがい》もなく、まるで返って来る答えが分かっていたかのような対応だった。俺は俺でまあ飛鳥のことだからそんなもんだろうなと思っていたため、特に驚《おどろ》きもせず、そのまま、何事も無かったかのように会話を続ける。

「っていうか、お前、そういうの相変わらず似合わないな」

「あ、やっぱり？　私もそうは思うんだけどさぁ……林檎《りんご》ちゃん代表に、他の子達には荷が重いでしょ、この役どころ」

「苦労かけるな」

「いえいえ、愛する男に尽《つ》くすことが、私の幸せですから」

「もっと似合わなっ！」

「まあ愛する男が追《お》い詰《つ》められるのも、私の幸せだけどね」

「それはらしいなっ！　捻《ひね》くれているけどっ！」

「するめは軽く炙《あぶ》った方が美味《おい》しいからね」

「俺の不幸はお前にとっておつまみ感覚かっ！」

「いひひ」

飛鳥が笑い、俺も笑う。しばし間を置き……飛鳥が、改めて、答え合わせをするかのように、問いかけてきた。

「一応だけど、その答えに至るための、あんたの考え方を聞かせてもらえるかしら？　なにせケン、この試験には一度落ちているわけだからね。まだあんまり信用されてないのよ、試験官こと私に」

「うわ、酷《ひで》ぇ。でもまあ……そうだな」

俺は二年前のことを思い出し、少しだけ、胸をちくりと痛める。……あの時の俺は……

彼女の同じ問いに、まるで違う答えを出した。それは、人を秤《はかり》にかけて、無理矢理優先順位を出す行為《こうい》だ。愚《おろ》かな……本当に愚かな、どうしようもない、答えだった。

勿論《もちろん》、愛する人を定めることが不正解だなんて思わない。むしろ世間的に見れば大正解だ。ただ……俺、杉崎鍵という人間のケースにおいて、それは、最悪の間違《まちが》いだったというだけのことだ。

俺は、あの時とまるで違う、すっきりとした気分で、開き直る。

「一人の異性を愛し、揺らがず、愛を貫《つらぬ》く。それは……とても美しいことで、正しいことで、清らかなことだと思う。紛《まぎ》れもない、正解だと、思う」

「そうね。ハーレム王目指す男なんて、醜《みにく》くて不誠実で汚《きたな》らしい最悪の人間よね」

「お前実は俺のこと大嫌《だいきら》いだろう！」

「愛しているわ、ケン」

「……まあ、いい。お前のは正直言いすぎだと思うけど、確かに、そうさ。どう足掻《あが》いたって、俺の目指しているモノは世間的には間違っているのだろうし、不誠実だし、そして……愛する人に、自分だけを見て欲しいという願いを、踏《ふ》みにじっている」

「今まで近隣《きんりん》に勇者が訪れなくて良かったわね」

「俺は勇者に討伐《とうばつ》されるほどの悪ですかっ！　い、いや、まあ、そうかもしれないけどっ！　うん……でも、そう、俺の考え方は……好きな人皆《みんな》を幸せにしたいっていう考え方は、本当は誠実さなんかじゃなくて、自分本位のワガママなんだって、まず気付いたんだ」

「そこが、あの頃《ころ》からの一番の進歩ね。どうやって気付いたのかしら？」

「生徒会で、一年過ごして、だよ」

　そう答えて皆との活動を思い出す。

「皆と過ごして……碧陽《へきよう》学園で先頭に立って色々なことをやって……気付いたんだ」

「何に？」

「本当の幸せは、一人で作れるものなんかじゃ、なかったって」

「自分の無力に気付いたってことかしら？」

「違う」

　そう答えて、俺は、笑みを浮かべて、続ける。

「皆が、皆で幸せになろうと努力すること自体が、もう、幸せだったんだって」

「……そう」

　飛鳥が、とても珍《めずら》しい柔和《にゅうわ》な声で、そう、返してくれる。俺は自分の結論に自信を持って、続けた。

「この一年の生徒会活動……俺、本当に、楽しかったんだ。楽しくて、楽しくて、楽しくてさ。碧陽学園を良くしていこうとする会議が楽しくて、自分勝手な主張ばかりする会話が楽しくて、それでいて皆で幸せになろうと前を向く空気が楽しくて。

それでさ、分かったんだよ。皆でそうやって前を向いて、自分本位な提案をしては時にぶつかったりしながらも、どうにかこうにか前へ向かっていくその行為自体が……どうしようもなく、幸せなんだって」

「なるほどね。それで、生徒会の優先順位が上がったから、アンタは、私の願望を切り捨てたと……そういうことかしら？」

「違《ちが》うよ。分かっているんだろう？」

飛鳥の意地悪な……そして彼女らしい優《やさ》しい問いに、俺は、ハッキリと返す。

「俺は、誰も彼も全てを自分の力だけで幸せにする、最高の『主人公』にはなれないし、もう、なりたいと思わない」

だってその夢には、肝心《かんじん》なことが、失われていたから。そのまま突《つ》き進《すす》めば、また、二年前と同じ過《あやま》ちを繰《く》り返《かえ》すところだったから。

だからこそ。

俺は、決めたんだ。

「俺は、なによりも誰よりも、『俺の幸せ』を、最優先とする！」

ザバァと全裸《ぜんら》で湯から上がりながら、宣言する！

「だから、飛鳥も全く切り捨てない！　お前が自分だけ見て欲しくたって、俺は問答無用でハーレム街道を突き進む！　当然お前も含《ふく》めてな！」

「わー、サイテー」

飛鳥がクスクス笑いながら呟《つぶや》いていた。が、俺は何も揺らぐことなく、主張を続ける！

「そう、最低さ！　でもそれが俺だ！　そんな簡単なことにも気付かなかったから、二年前の俺も、つい最近までの俺も、駄目《だめ》だったんだ！

大切な異性が複数居て、それを全員幸せにしてやりたい！　それはもう、その時点でまったく誠実なんかじゃないさ！　完全に俺のワガママだ！　欲望《よくぼう》だ！　だから当然他人を傷つける！　誰かの願いを、想いを踏みにじるさ！

でも、それを承知した上でも、やっぱり俺は……好きな人を全員幸せにしたいという想いを、願いを、欲望を捨てられないんだ！

だったらもう、その道を堂々と征《ゆ》くだけさ！　正義も正論も掲《かか》げない！　自分本位に！

自分のやり方で！　自分の気持ちを最優先していくだけだ！」

「だから、私の『自分だけ見て欲しい』という願いも完全に踏みにじるのね」

「そうさ！」

「そして、私や、自分だけを見てほしいと願う女の子を、不幸にするのね」

「いいや！　そんなつもりは毛頭ないね！　俺の欲望は、好きなヤツを幸せにして、結果として自分が幸せになることだからな！　だったら、やる事は簡単！　好きな人の願いを踏みにじった上で、しかし、それ以上の幸せを、自分のやり方で与《あた》えようと、努力することだけさ！

俺は複数の女性を愛しまくる！　俺はハーレムを貫く！　そんな俺にお前が愛想を尽かしたならそれも結構！　だがそれでも俺はこれからもお前を愛すし、ハーレムを維持《いじ》した上で幸せにしてやろうと奮闘《ふんとう》するがな！　ぐえっへっへっへー！」

「わぁー、驚く程《ほど》最低！　自分勝手！　でも、そこに痺《しび》れる憧《あこが》れるぅ！」

「ふははははは、我こそはハーレム王杉崎鍵！　我が野望のためには大切な人を傷つけることも厭《いと》わぬが、同時に、その人を幸せにするための努力も厭わぬ男よぉ！」

夜の露天風呂《ろてんぶろ》で、全裸……いや、フル○ンで、何を叫《さけ》んでいるのだろうか俺は。これは通報されても仕方ない。

上半身がかなり冷たくなってきて、鼻水が出て来たところで、飛鳥は……なんだか哀《あわ》れむような声で、小さく、呟いた。

「……そう。アンタは、やっぱり、最悪の茨《いばら》の道を歩くことを決めちゃったわけね」

「……ああ」

湯船に浸《つ》かり直しながら、前を見て、返す。

「辛《つら》いわよ？」

「……ああ」

「沢山《たくさん》、傷つくわよ」

「……ああ」

「アンタが一番苦手な……見るとすぐに死にたくなるほど傷つく、『女の涙《なみだ》』を、沢山見ることになる……そういう、人生を歩むわよ」

「覚悟《かくご》の上さ」

「……そっか。なら……」

そう言って飛鳥は、なんだか少し鼻声で……本当は自分も傷ついているのだろうに、それを俺に全く悟《さと》らせまいとした様子で……努めて明るく、答えた。

「面白《おもしろ》そうだから、私もそれに、ちょっとだけ、付き合ってみようかな。……いひひっ」

空には、再び、月と星が輝《かがや》いていた。……残念ながら、淡《あわ》く滲《にじ》んでいて、あまり見えなかったけどさ。

＊

「うむ、実に気持ち悪い青春話だったな」

「人のシリアスな話聞いておいてそんな反応あるかいっ！」

杉崎鍵の昨晩のエピソードを聞き終え、私が素直《すなお》な感想を漏《も》らしたところ、彼は大層憤《ふん》慨《がい》した様子だった。うむ……どうも分からんな。素直に気持ちを伝えられるのが好きなタイプだと踏んだのだが……ちょっと違ったか？

「まあしかし、確かに興味深い話ではあったな」

「そ、そうか」

「お前が私以上の鬼畜《きちく》外道だということが、判明したからな」

「そういう言い方しないでくれる!?　あんた以上じゃ絶対ねぇよ！」

「いやいや、恐《おそ》れ入《い》る。私も二股《ふたまた》や三股、浮気《うわき》や不倫《ふりん》などは何度もしたことがあるが、まさか自分からその事実を女に語り、その上で『それが俺だから納得しろ』などと開き直るような悪逆非道など……流石《さすが》の私でさえ良心の呵責《かしやく》を感じる行為《こうい》だぞ」

「ああそうですかっ！　くそっ！　全く言い返せない！　うぅ……」

杉崎鍵は頭を抱《かか》え、うじうじ悩《なや》み始めてしまって。ふん……やはりな。

「クソガキ……お前、実は、女の前では気丈《きじよう》に振《ふ》る舞《ま》いつつ、裏ではガッツリ悩んでいるタイプだろう」

「うぅ……そうだよ！　悪いかっ！」

「悪いな。何が自分本位に生きる、だ。お前、結局全然幸せを享受《きようじゆ》出来ていないではないか。相も変わらず他人の幸せのためだけに足掻《あが》いている、不器用野郎《やろう》ではないか」

「う、うるせぇやい！　惚《ほ》れた女を皆幸せにするためにゃあ、泣き言なんて言ってられないんでぃ、べらぼうめい！」

「いつから江戸《えど》っ子《こ》になったんだ、お前は。……まあ、精々頑張《がんば》るんだな。私には関係ない」

「遂《つい》に相談役として最低のセリフを言いましたね！」

そう言われてもな。本当に無関係なんだから仕方あるまい。卒業式に送り届けるまでは私の仕事だが、そこから先のコイツのハーレムライフなど、知ったことではない。

杉崎鍵がサービスのお茶を飲みつつ一人でうじうじまだやっているので、私は、仕方なく気分を逸《そ》らすために、世間話を持ち出してやることにした。

「それで、その幼馴染《おさななじ》みとはヤったのか？」

「ぶっ！」

なんか彼は茶を噴《ふ》き出《だ》しながら真っ赤になってしまった。キャビンアテンダントに平謝《ひらあやま》りしながら濡《ぬ》らしてしまったシートを拭《ふ》き終えた後、私に向かって怒鳴《どな》りつけてくる。

「な、何をサラリと訊《き》いてきているんですかっ！」

「？　女を口説く目的など、カラダ以外に無いだろう。まさかそこまでしておいて、同じ部屋に泊《と》まり、何も無かったとでも？　おいおい、冗談《じょうだん》だろう、肉欲《にくよく》少年よ」

「その呼ばれ方ならまだクソガキの方がいいんですがっ！　と、とにかく……その、あ、あ、飛鳥とは、その、な、何も……」

「？　なんだその反応は。……ははーん、ヤッてこそいなくても、多少何かはあったな？

それはそうだろうな、あんな会話の後で何も無いなど、男性機能が失われているとしか考えられないからな。それで、具体的には何を――」

「セクハラですっ！　それ以上、質問には答えません！」

「む、まあいいが。男女の問題であろうが、基本社会での考え方は変わらんということだけは学んでおけ。相手のために尽《つ》くしたのならば、その分の報酬《ほうしゅう》を受け取る権利はあるのだからな。どんな場面においても、行為に見合う報酬を要求・確保出来ない者が、負け犬と呼ばれるのだ。それを肝《きも》に銘《めい》じて生きてゆけ。分かったな」

「…………」

「なんだね？」

「いや、枯野さん……考え方がアレとはいえ、なんで俺にアドバイスしてくれるのかなぁと」

「む」

そういえばそうだ。何故《なぜ》私がコイツに生き方を教えねばならん。確かに、指摘《してき》されてみれば不可解極《きわ》まりない。

「なぜ私がクソガキにアドバイスせねばならん」

「いや、だから、それを俺が訊いているのですが……」

「ふん……まあ、興味深い話を聞かせて貰《もら》った報酬だとでも思っておけ」

「はぁ……」

そのままお互《たが》い無言の時間が五分ほど続く。機内アナウンスに窓の外を眺《なが》めてみれば、もう、空港近くの風景だった。

「相変わらず、畑しかない土地だな……」

「……枯野さんにとっては、下らない、つまらない場所なんでしょうね」

「そうだな。……だが、これはこれで、そこそこ、美しい景色だ。興味深い」

あの島では、こんな何気ない風景さえ見られなかったのだ。そこから解放された今となっては、どんな……以前の私なら無駄《むだ》と切り捨てた景色にさえ、何らかの価値を感じる。

不思議なものだ。だが、悪い気分ではない。

じっと田園風景を眺めていると、何を思ったのか、ふと、杉崎鍵が再び相談を切り出してきた。

「俺の選択《せんたく》は……やっぱり、好きな人達を、傷つけるだけなんでしょうか……」

その唐突《とうとつ》で、そして情けない声の質問に……私は、風景の方を見ながら、返す。

「それはそうだ。自分のワガママを貫《つらぬ》けば、それにそぐわない誰《だれ》かを傷つけることになる。

当然の結果だ」

「……そうですよね……」

「だが、人はそうやって、生きていく」

「…………」

「少なくとも、私は、そうやって、生きてきた」

「…………」

「違《ちが》うな。そうすることでしか、生きて、こられなかった」

「……枯野さん……」

クソガキがなんだか同情的な声を出したので、私はすぐに注釈《ちゅうしゃく》を加えた。

「勘違《かんちが》いするな。それは何も不幸なことではない。そして私はお前と違って、それが間違っているとも思わない。生きていくということは、生存競争を勝《か》ち抜《ぬ》くということだ。何も傷つけたくないなら、今すぐ死ね。死にたくないなら、何かを傷つけることを躊躇《ためら》うな」

「…………」

なにやら、杉崎鍵が黙《だま》り込んでしまった。……張り合いが無いな。私は一つ溜息《ためいき》をつき、そうして、彼の方を向いて、告げる。

「お前は阿呆《あほう》か」

「へ？」

「何を落ち込んでいるのだ？　私は、今、世の中全部がそうだと言っているのだ。お前や私だけじゃない。全部だ。森羅万象《しんらばんしょう》、ありとあらゆるものが、争うように生きている」

「それも偏《かたよ》った考え方だと思うけど……。手と手を取り合っているものだって……」

「黙れ。そんなものは私の知ったことではない」

「えぇー」

「だから私の言いたいことはだな……。……ああ、なぜ私がこんな、貴様を励《はげ》ますようなことを言わなければいけないのだ！」

「何を勝手にキレてるんですかっ⁉」

「くそ……ああ、もうとにかくだ！　全ての人間が、自分の欲望《よくぼう》、野望のために生きている！　それは私やお前だけじゃない！　あのお気楽生徒会も然《しか》り、貴様の幼馴染みや義妹も然りということだ！」

「あ……」

「お前は自分で言っておいて、何を忘れているのだ！　ああ、これだから頭の悪いガキは腹が立つ！　他人の幸せに、欲望に、野望に、願いに、想いに、貴様が必要以上に責任を持つ必要など無いだろう！

　貴様を愛した女がどうしても自分だけ見て欲しければ、彼女は自分でそうして貰えるよう、努力をするだろうし、時に、貴様を諦《あきら》めて他になびいたりもする！　その過程で傷つくことだってあるだろう！　しかしそれでいいではないかっ！　そういう相手の野望や欲望、そして人生にまで貴様如《ごと》きが必要以上に踏《ふ》み込むな！　おこがましい！」

「枯野さん……でも……」

「それでも相手の人生に責任を持ちたいというのなら、せめて、堂々としていろ！　私はそうしている！　蹴落《けお》とした者に、傷つけた者に報《むく》いるというのならば！　なにより貴様が幸せになればいいことだ！　最悪なのは、他人まで踏み台にしたクセに結果を得られないという事態だ！　違うか!?」

どうにも苛立《いらだ》って怒鳴りつける。キャビンアテンダントや他乗客が注目しているが、知ったことではない！　今、私は、コイツを叱《しか》りたいのだ！　どうしようもなくそういう気分なのだ！

「……そう……ですね……」

杉崎鍵が、ゆっくりと頷《うなず》く。

「すいません……俺、なんか、駄目《だめ》ですね。自分本位で生きるって言っておきながら、まだ、相手の前じゃなくなると……揺《ゆ》らいじゃっている」

「ふん、全くだ。今回は私の前だから良かったものの、好きな女の前でそういう態度を取るのだけは、絶対にやめることだ」

「はい、ありがとうございました！」

「ふん……そろそろ着くようだぞ。ここからが正念場だ。準備をしておけ！」

「はいっ！」

全く、これだからガキは嫌《きら》いなのだ。行動も心も、フラフラフラフラと危なっかしくて、見ていてイライラする！　叩《たた》き直してやりたくなる！

特に碧陽学園の生徒達はそれの最たるものだ！　どいつもこいつも、善良で平和そうなツラしている割に、下らんことで悩んだり迷ったりしてフラフラフラフラ……。ああ、もう、思い出したら余計苛立ってきた！　クソ！　こうなったら、《企業《きぎよう》》に復帰した暁《あかつき》には、今度は碧陽学園の教師としてあの学校に赴任《ふにん》してやろう！　そうして、あの無能なガキ共を私自ら教育してやろう！　そうしよう！

そうこうしている間に、飛行機が着陸し、シートベルトサインが消灯、外への案内が始まる！

「よし、行くぞクソガキ！　もたもたするな！　卒業式終了《しゆうりよう》までの時間は少ないぞ！」

「はい、枯野さん！」

「どけどけどけどけ、暇《ひま》な乗客共！　金は払《はら》うから、私達を先に行かせろ！」

「すいませんすいません、完全にDQNですが、今だけは自分本位で許して下さいー！」

そうして、私達は碧陽学園に向けて、歩き出す。

途中《とちゅう》押しのけた、見覚えのある子供と母親が、私を見て何かを呟《つぶや》いていた。

「あ、悪役のおにーちゃんだ！」

「あらホント。……あら？　でもよく見たら、なんだか悪役というより、今は……」

「先生みたいだね！」

「ええ、そうね。ふふ、生徒らしい子と一緒《いっしょ》になってあんなに必死に……本当は、悪役じゃなくて、凄《すご》く生徒に親身な先生なのかもしれないわね」

【えくすとら～戻《もど》る生徒会～】

「時には童心に返ることも、大切なのよ！」

会長がいつものように小さな胸を張ってなにかの本の受け売りを偉《えら》そうに語っていた。

「名言とかどうでもいいですから」

しかし俺はそれに、即座《そくざ》に、通常ではありえない程《ほど》冷たく返す。会長は俺の言葉に「うっ」と引きつった後、窓の外を眺めながら呟いた。

「そう、全ては、童心に返るため、だったんだよ……。誰も悪くないんだよ……」

「いや悪いのは確実に貴女《あなた》ですから。っつうか生徒会室から視線逸《そ》らすなこんにゃろう」

俺は、横からは頬《ほお》を深夏《みなつ》に力の限りむーにむにされ、ぷるぷる震《ふる》える涙目《なみだめ》の真冬《まふゆ》ちゃんをあやしつつ、目を離《はな》すとすぐに色んな意味で危ないことをしようとする知弦《ちづる》さんに気を配りつつ、会長に悪態をつく。

会長はそんな俺を……確実に、わざと見ないようにしながら、溜息をつき……そして……数秒後、諦めたようにこちらを振《ふ》り返《かえ》り、遂《つい》に犯行を、認めた。

「まさか、退行催眠《さいみん》がこんなに効くとはねぇ……」

そんな、会長の視線の先には――

「うひゃひゃひゃひゃ！　ケンの顔、おもしれぇ――！　うひゃひゃひゃひゃ！」
「ひっく……おねーちゃん、知らない男の人とあそんじゃダメだよぅ……ひっく」
「あ、ぱそこんだわ。……かちゃかちゃ。……？　ねぇねぇ、キーにーちゃん、なんかいっぱいお金はらえってー」

無邪気《むじゃき》に生徒会室を暴れ回る、椎名姉妹《しいなしまい》と知弦さんの姿！　そして、完全に被害者《ひがいしゃ》の俺！

会長は額に汗《あせ》を垂らして、呟いた。

「い、いやぁ、賑《にぎ》やかで楽しそうだねぇ、杉崎《すぎさき》」
「うるさい！　いいから、早く元に戻す方法見つけろこの駄目会長ぉ――――――！」

そんなわけで、今日の生徒会は、端的《たんてき》に言って、カオスです。

＊

「とりゃぁ――――――――――――――♪」

今日の俺の生徒会は、そんな深夏の無邪気な掛《か》け声《ごえ》と共に壮絶《そうぜつ》なドロップキックをお見《み》舞《ま》いされたところから始まりました。

この事態を引き起こした元凶《げんきょう》、最悪の催眠術師《さいみんじゅつし》は語る。

「い、いや、そもそも知弦が催眠術の本を持って来たのが、悪いんだよ。私は悪くないっ。わ、悪くないもん！……………はい、すいません。そ、そんな怖《こわ》い顔しないでよぅ杉崎。うぅ……だって、私に催眠が全然かからないから、結局知弦が真冬ちゃんにゆるーい催眠術かけたり、深夏の真冬ちゃん洗脳でちょっと遊んだりしていて、私、とっても暇になって……。それで、知弦の本を奪《うば》って、やけくそで皆《みんな》に『たいこーさいみん』っていうのかけてみたら……なんか……みんな一気にバッタリ倒《たお》れて……そして起きたら――」

「ケーン、ケーン、チャンバラごっこしようぜぇー！　あたしから行くぞぉー！　えいやー！」

最強の身体《からだ》に子供の心を宿した女の攻撃《こうげき》により、俺の肉体的ダメージ、大。

「お、おねーちゃん、あんまり男の人となかよくしないで……うにゃぁ!?　こ、こっち見ないでくだしゃい！　ひぅ……ひぅううう」

自分に怯《おび》える女の子に、俺の精神的ダメージ、大。

「ねぇねぇキーにーちゃん。さっきからどんどん『はらえ』って言われているお金の数字、ふえているよ？……なんかおもしろくなってきた！　よーし、ちづちづ、がんばるぅー！」

ハイスペックさが悪い方向に突出《とっしゅつ》した子供に、俺の金銭的、社会的ダメージ、極大。

そんなわけで。

「言い訳はいいから、さっさと戻せっつってんだろうがこのへっぽこ会長！」

「はい、すいませんでした」

俺の態度は、すっかり好きな人相手のそれではなくなってしまっていた。……あれだね。子育てに疲《つか》れて離婚《りこん》する夫婦の気持ちが、若干《じゃっかん》分かってきたよね。

俺の鬼《おに》のような形相に見守られつつ、会長は催眠の本を読みあさり、解き方を探していた。しかしどうにも調査は芳《かんば》しくないようで、三人の世話……いや、子守をする俺の方をちらちら見ては、言い訳を繰《く》り出《だ》してくる。

「ど、童心に返ることも、たまには、必要だよね？」

「うるさい」

「ほ、ほら、杉崎、深夏にひっつかれて嬉《うれ》しいでしょう？」

「知弦なんて、ほら、普段《ふだん》大人っぽいのに、あんなに可愛――」

「黙《だま》れ」

「シャラップ！」

「うわぁーん！　す、杉崎がかつてない程冷たい――――――――！」

会長が本気で泣き出す。……しまった。あまりに冷たくしすぎて、子供が、もう一人増えてしまった。

もう完全に俺の子守キャパは超《こ》えているので、仕方なく、会長への態度を軟化《なんか》させる。

「すいません、悪かったです。余裕《よゆう》なくて、気がたってましぃぃぃぃぃ」

まあこうしている間にも、通常なら歓喜《かんき》するほど体を近づけてきている深夏に、頬肉をぐいぐい引っ張られたりしているわけですが。

「うぅ、わ、私だって、悪気は無かったんだもん……」

「ええ、そうですよね。すいません。謝《あやま》りますから、催眠の解き方を継続《けいぞく》して――お、おーい、真冬ちゃーん、そんなに怯えなくて大丈夫《だいじょうぶ》だよー？」

会長を宥《なだ》めながら、俺に怯えて部屋の隅《すみ》にまで行き、小さくなってぷるぷる震える真冬ちゃんに声をかける。

「皆が……皆が催眠にかかりやすすぎなんだよ……私が悪いんじゃないもん……」

「ええ、そうですね、基本生徒会の皆は根がピュアですからね——って、おーい知弦さん……じゃなくて、ちづちゃん、なにしているのかなー？　どこからその黒光りするズッシリした、とても玩具《おもちゃ》には見えないアレな違法《いほう》物品、持って来たのかなぁ？　危ないから、こっちに預けようねぇー？」

俺の手の方が震えながらちづちゃんからアレを受け取る。そうしている間にも、会長は言い訳を継続していた。

「だから、ね？　杉崎、わかるでしょ？　私が悪いんじゃなくて、皆が——」

「うっさい！　いいから、さっさと元に戻せっつってんだろうが桜野《さくらの》さんよぉ！」

「わぁーん！　杉崎、やっぱり怒《おこ》ってるぅうう————！　うわぁーん！」

ああああああああ、面倒《めんど》臭《くせ》ぇえええええええ！　お、俺は家庭を築いたら良きパパになる自信がさっきまではあったが、今は全然無い！　子育て、無理だよ！　俺なんかには、無理だよ！　ごめん、舐《な》めてたよ子育て！……いやまあ、このメンバーの扱《あつか》い辛《づら》さが異常だという話もありますが。どんな優秀《ゆうしゅう》保育士だって投げ出す子達な気がしますが。

とりあえず、まず会長を宥め、くすんくすん涙を流して鼻水をすすりながらも、ちゃんと催眠の解き方を探《さぐ》らせる。

そして、三人一気に相手していたのではとても対処しきれず、全員に中途半端《ちゅうとはんぱ》な対応をせざるを得ないことに気付いた俺は、一人ずつ向き合っていくことにした。

まず、若干被害《ひがい》は拡大するものの、一応は一人で放置しておけるちづちゃんと真冬ちゃんをそのままに、俺の動きを総合的に阻害《そがい》する深夏……現在名称《めいしょう》『みなっちゃん』を、なんとかすることにする。

みなっちゃんは、俺が向き直るとぱぁっと笑顔になった。う……か、可愛い。中身や行動が子供でも、外面が大人の深夏……しかも子供化したせいかツインテールがほどけた『女性っぽい深夏』なので、不意の表情や仕草にドキドキさせられまくる。

「ケン、あっそぼうぜぇー！」

「あ、ああ、じゃあ遊ぶか。……遊んだら、大人しくするんだぞ？」

「うん、やだぁー！」

「おおっと、こいつぁ最初から厄介《やっかい》な子供にぶち当たったぜ」

笑顔でニッコリ拒否《きょひ》られてしまった。こ、子供怖い！　話が通じない！　交渉《こうしょう》が成立しない！

「み、みなっちゃん？　ほら、この生徒会室……というより『碧陽幼稚園《へきようようちえん》』には、キミの妹の真冬ちゃんとか、年長さんのちづちゃんとかいるから、俺もキミだけに構っているわけにはいかないんだよ。わかるよね？」

「うぅ……」

みなっちゃん、急にしゅんとする。や、やべぇ、可愛すぎる！　だ、抱《だ》きしめたい！

しかし流石《さすが》にこんな精神状態の子に手を出すと完全に外道だという自覚はあるので、自制心を総動員して、感情を抑《おさ》える！

しかし……みなっちゃん、超破壊力《ちょうはかいりょく》の上目遣《うわめづか》い。

「だってあたし……ケンが大好きなんだもん……」

「うひゃぁ！」

「？　ケン、どうした？」

「……な、なんでもない」

胸を押さえて、汗を掻《か》きながら、ニコッとみなっちゃんに返す。や、やべぇやべぇやべぇやべぇ！　今、普通《ふつう》に襲《おそ》いかかりそうになったよ俺！　自制心、一瞬《いっしゅん》完全に砕《くだ》けたよ！

二人きりだったら、すっげぇ危なかったよ！

俺は、汗をダラダラ掻きながら、みなっちゃんの肩《かた》に手を置く。

「そ、そんなわがまま言っちゃ駄目《だめ》だよ？　お、お、お、俺は、み、みなっちゃんだけのものじゃ、ないんだから」

現在、みなっちゃんの目を見ながらも、完全に、自分に言い聞かせております。

「じゃあ、あたしだけのものになって！」

「うひょお！……ぐ、そ、そ、そういうこと言っちゃ、駄目だよ。ほ、ほら、真冬ちゃんだっているんだし……」

「そうだけど……でもあたし、ケン、ほしい！」

「うにゃぁああ！」

「杉崎……なにしてるの？」

「ハッ、会長！　い、いえ、子守ですよ、ええ、子守！」

気付けば、会長が本から視線を上げて、こっちをジトーッと見ていた。

「なんか、子守には通常入って来ないハズの感情みたいなのが、感じられたんだけど……」

「な、なに言っているんですかっ！　俺がみなっちゃんを見る目は、親が子供を見るそれと、全く同じですよ！」

「そ、そうかなぁ……」

「そうなんです！　い、いいから会長はさっさと……い、いや、ゆっくりでいいんで、催《さい》眠《みん》の解き方を探しなさい！」

「なんで急にゆっくりでよくなったの？」

「そんなことはいいんです！　ほら、本見る！」

「わ、分かったよ……」

ふぅ……危なかった。色んな意味で、色んなことが、危なかった。

俺は気を落ち着け、強い意志を持って、みなっちゃんに語りかける。

「ワガママは駄目だよ、みなっちゃん。一回遊んだら、大人しくする。いいね？　そうじゃないと……俺、みなっちゃんのこと嫌《きら》いになっちゃうよ？」

「！　ケン、あたしキライになっちゃ、やだ！」

「うぉ……ごくり……。……こ、こほん。そ、そうだよね？　だったら、言うことをちゃんと聞くようにね」

「うん！　あたし、ケンの言うこと、なんでもきく！」

「な、なんでも？」

ごくり。

「杉崎？」

「会長、こっち見てないで、調査を進めなさい！　極《きわ》めてゆっくりな！」

「な、なんなのよ……分かったわよ……」

ふぅ、危なかった。……何もかもが、危なかった。

さて、とにかく、みなっちゃんと遊ばなければ。

「みなっちゃん、何かしたいことはあるのかい？」

「うーんとね……うーんとね……ケンとたたかいたい！」

「うん、勘弁《かんべん》して下さい。お願いしますから」

子供相手に本気土下座だった。会長が完全に見下した視線で見ていたが、関係無い。俺はまだ、死にたくないです。

みなっちゃんは少し困った後、再び提案してきた。

「じゃあね、じゃあね、ケンのお嫁《よめ》さんごっこしたい！」

「へ？」「へ？」

あまりに予想外の提案に、俺、そして会長さえも、ぽかんと返す。みなっちゃんは少しもじもじしながらも、もう一度、元気よく言ってきた。

「あのなあのな、あたし、お嫁さんになりたいんだ！」

「あ……あ、あー」

そこで、俺はあることを思い出し、会長の方に告げる。

「確か深夏、子供の頃《ころ》お嫁さんになりたかった……って話をしてましたよね？」

「あ、あー、なるほど。で、今は子供に戻《もど》ってるから……」

「……どうしましょうって……。……好きにしたらいいんじゃないのっ」

なんか会長はぷりぷりした様子で本の調査に戻ってしまった。……？

さて、どうしたものか。まあ、バトル系よりはハードル低いし、やっとくか。

「じゃあ、やろうか、お嫁さんごっこ」

「うん！　じゃあ、あたし、お嫁さん役やるー！」

「そりゃそうだろうね。そこでお嫁さん役以外とったら、全力でツッコンでたよね」

「うん？　ケン、少しさびしそうだな。ツッコミたかったのか？」

「……実はちょっとね……」

通常の生徒会なら、ボケてくれたところだったのに。なんだろう、若干ツッコミをやりたがっている俺がいたよ。だんだん感性がアレになってきているな。

「うんとな、じゃあな、ケンは、とろろこんぶの役で！」

「うん、ボケてくれてありがとね。ただ、ボケ方が不思議すぎて、ツッコミしづらいや」

「そうなのか？　じゃあケンは、ダンナさん役ー！」

「はいはい。……とはいえ、なにするの？」

よく考えたら、お嫁さんごっこってなんだ。なにをもってお嫁さんなんだ。

みなっちゃんは、なぜか唐突《とうとつ》にファイティングポーズをとった。

「あ・な・た。お帰りなさい。今日はどうします？　ボクシングにします？　テコンドー？　それとも……カ・ラ・テ？」

「うん、ちょっと待とうか。みなっちゃんの『お嫁さん』に対するイメージを、よぉく聞かせて貰《もら》おうか」

「うんとね、ダンナさんの、ライバル！」

「いやお嫁さんだから。ライバルじゃないから」

「お嫁さんにして、ライバル」

「なんか素敵《すてき》な関係に聞こえるけど、そんなケース稀《まれ》だから。普通のお嫁さんをやろうよ」

「ふつうの？　えと……ハンマーとかもってるやつ？」

「うん、なぜそれを普通のお嫁さんだと思っているんだろう……」

みなっちゃんの価値観に異様な恐怖《きょうふ》を感じてしまった。怖《こわ》いから追及《ついきゅう》はしないけど。

「もっとこう……ラブラブの新婚《しんこん》家庭、みたいな設定にしようよ」

「らぶらぶ……。……いっしょにテレビ見たりするんだよね？」

発想が可愛ぇええ！

「あと、死ぬときは、いっしょなんだぜっ！」

発想が怖ぇえええええええええええええええええええ！

「壮絶《そうぜつ》だね！　みなっちゃんとダンナさんの愛、なんか壮絶だね！」

「そーぜつ？　ふつーだと思うぞ」

「それを普通だと思っているみなっちゃんが壮絶だよ！……なんか俺、深夏攻略《こうりゃく》に関して、もう少し色々考えなきゃなと思ったよ……」

「？　よく分かんないけど、つづきやろうぜ？」

「うん……」

「じゃあ……こほん。ケン、今日のおしごとは、どうだった？」

「あ、うん、順調だったよ。全部上手くいった」

「そっか。たくさん狩《か》れて、よかったね」

「良かったよ。俺が何している設定なのかは、よく分からないけど」

「あれ？　くんくん……ケンの服……」

「お、浮気《うわき》展開か何か？」

「ケモノのにおいがする……」

「だから、俺の仕事なんなんだよっ！」

「今日もたくさんがんばったんだな！　ごくろう様だぜっ！」

「あ、ありがとう。みなっちゃんは、今日、家事してくれていたのかな？」

「ううん、ずっとふっきんしてた」

「どんなお嫁さん!?……みなっちゃんって、実は、お嫁さんがやりたいわけじゃないんじゃ……」

俺が訊《たず》ねると、みなっちゃん一瞬きょとんとして……それから、ぶるんぶるんと横に強く首を振《ふ》った。

「あたしは、お嫁さんになりたい！　おかーさんはいつもがんばってくれてて、だけどさみしそうだから……あたしはけっこんして、幸せな『かてー』をつくって、おかーさんとまふゆと、あたしのこどもと、みんなで楽しくくらすんだ！」

『…………』

会長と二人、思わず、黙《だま》り込んでしまった。……昔の深夏は、こんなに母親が好きで、男への偏見《へんけん》もなくて……なんだか分からないけど、みなっちゃんの言葉は、どうにも俺達を切なくしていけなかった。うぅ……ごめんよ、みなっちゃん。いくら体が十七歳《さい》とは言え、無邪気《むじゃき》なキミにエロい気持ちを抱《いだ》いた俺を、どうか許しておくれ——

「だからあたしのダンナは、ばしゃうまのように、はたらけばいいんじゃねーかな！」

「みなっちゃん、恐《おそ》ろしい子っ！」

会長が苦笑いして調査に戻る中、俺はみなっちゃんの本音に心底怯《おび》えた。深夏の男への敵意みたいなのは、再婚《さいこん》問題やらなにやらあって、仕方なく形成されたものだと思ってきたけど……これ、もしかして、最初から深夏側に大問題があったんじゃねぇの⁉

「おねーちゃんの言うとーり！」

「おおぅ、急に真冬ちゃんがノッた！」

俺が叫《さけ》ぶとまたすぐにびくんとして部屋の隅《すみ》に逃《に》げていってしまったが、真冬ちゃん、驚《おどろ》きの同意だった！　こ、これは……深夏というより、椎名一族に問題がある気がしてきたぞっ！　母親といい娘《むすめ》といい、根本的に考え方がアレなんじゃないだろうか！

ともあれ、みなっちゃんはそのまま自分の理想の新婚家庭に思いを馳《は》せてぽけーっとし始めてくれたので、俺は、彼女をそぉっと放置して、他の子の対応に向かうことにした。

よし……この流れで、じゃあ、真冬ちゃんに話しかけてみるか。

「おーい、真冬ちゃ――」

「いやぁあああああああああああああああああああああああ！」

「怖がらなくて大丈夫《だいじょうぶ》だ――」

「こないでぇえええええええええええ！　うぇえええええええええええん！」

「…………」

「…………」

「まふ――」

「うにゃやぁああああああああああああああああああああああああああ！」

話進まねぇ！　そして俺の精神的ダメージがパねぇ！　陵辱《りょうじょく》もいけるとか言っておきながら、実は映画やドラマで女の子が襲《おそ》われる痛ましいシーンを見るのさえ本気で駄目《だめ》な俺的に、涙《なみだ》流しながら俺に怯え叫ぶ真冬ちゃんは、もう、胸に矢どころか魔○光殺法喰《く》らったぐらいの勢いで辛《つら》いですっ！

「か、会長ぉ」

「な、なによ杉崎、涙目で」

「女の子に……嫌われた……ぐす……」

「そんなのいつものことじゃない」

「…………」

　ですよね。というわけで、めげずに、もう一度チャレンジ！　今度は……秘密兵器である、真冬ちゃんが好きなサイダー味の飴《あめ》を持って近づいていってみる。

「ほーら、真冬ちゃん、飴だよー？　飴ちゃんだよー？」

「ひぅぅぅぅ――？　あ……」

　俺の持つ飴に、ぴたりと泣き止《や》み、注目する真冬ちゃん。俺の顔、飴、俺の顔、飴と交《こう》互《ご》に見ては、むぅと悩《なや》む。……か、可愛いなぁ。リアル子供真冬ちゃんも可愛かったんだろうけど、今の真冬ちゃんがこういう態度なのが、可愛いんだよなぁ。

　真冬ちゃんはしばし悩んだ末、こっちに来るまでは至らなかったものの、恐る恐るといった感じで、手を、くいーっと力の限り伸《の》ばしてきた。

「飴、ほしいの？」

「……（こくこく）」

　未《いま》だ怯えながらも、頷《うなず》く真冬ちゃん。ああ、可愛いなぁ、もう。

「だったら、もうちょっとこっちに来て、おにーさんと喋《しゃべ》ってくれないかな？」

「……（ふるふるふるふる）」

首を横に振りながら、同時に体を震《ふる》えさせる彼女。…………。……俺は、飴を持ったまま少し近づく。すると、ちょっと目の端《はし》に涙を浮《う》かべ、更《さら》にぷるぷるしてしまう真冬ちゃん。でも飴は欲しいらしく、視線は俺の飴を捉《とら》えまくっている。試《ため》しに飴を持つ手を引くと、「あ」と残念そうな声を出してよろよろとこっちに来ようとしては、そのタイミングで俺が近づこうとすると、一目散にまた部屋の端に逃げて、ぷるぷる怯える。

「………」

「……杉崎、実はちょっと楽しくなってきてない？」

ドッキ――――――――――ン！

「な、なってきてませんよ！　失敬な！　いいから、会長は催眠《さいみん》解く方法を探しなさい！　極めてゆっくりね！」

「絶対この状況《じようきよう》楽しみ始めているよねぇ!?」

会長がなにやら五月蠅《うるさ》いが、無視。このままでは進展しないので、俺は、真冬ちゃんに笑顔で手を振りつつ、交渉《こうしよう》する。

「ごめんねー、真冬ちゃん。大丈夫、もう俺、必要以上に近付かないから。この飴そっちにぽーんって投げるから。受け取るんだよ？　いいね？」

「！（こくこく！）」

目を輝《かがや》かせて、勢い良く首を縦に振る真冬ちゃん。はぅ、いいなぁ。BLやゲームのディープ発言で俺を苦しめない真冬ちゃん、ええなぁ。

「じゃあ、いくよー？ ほーれ」

ぽーんと飴玉《あめだま》を優《やさ》しく放る。飴は緩《ゆる》やかな放物線を描《えが》き、真冬ちゃんの手へと――

「あぅ！」

収まらず、頭にヒットしてバウンド、床《ゆか》に落ちた。

「……うぅ、うぅぅぅぅ」

真冬ちゃん、泣きそうになりながら頭をさすりつつ、でもちゃっかり飴は拾って包み紙を開封《かいふう》、口に運ぶ。……ああ、子供の頃《ころ》から運動能力へっぽこ&でも欲望《よくぼう》優先なんだなぁ。

「……ほわぁ」

よし！ なんか機嫌《きげんよ》良くなったっぽいぞ！ これは……いけるのでは!?

「真冬ちゃーん？ こっち来て、おにーちゃんとお話しな――」

「しないです」

「…………」

機嫌は良くなったけど、態度は軟化《なんか》しませんでした。くぅ、なんて手強《てごわ》い！ でも諦《あきら》めないぞ！　俺だってダテにハーレム王目指してないぜ！　女の子のデータを取り、それを攻略に活《い》かすことにかけては、エキスパート！

というわけで、俺は、しばし期を待つ。そして……。

「……かりこり」

「！」

キタ！　真冬ちゃん、今、飴を噛《か》んだ！　大分小さくなってきたから、噛んでフィニッシュにしたのだろう。今だ！

「真冬ちゃん、もう一つ飴、欲しくないかな？」

「！」

丁度飴を食べ終わったタイミングで俺にそう声をかけられ、真冬ちゃんの顔は一瞬《いっしゅん》ぱぁっと輝く！　よし、釣《つ》り針《ばり》にかかった！　あとは一気に引くだけ！

「こっち来ておにーちゃんと喋りながら、もっと飴食べないかなー？」

「う。……うぅ？」

「こっちには、他の味も、たーくさんあるんだけどなぁ」

「……ほんとですか？」

「ほんとほんと」

「……でも、おやつ、食べすぎちゃダメだって、おかーさんが……」

「バレなきゃいいのさ、ひっひっひっひ」

「おーい、こらこらこら」

会長がなにやらツッコミを入れてきているが、無視だ。今、俺は、真冬ちゃんと交渉しているのだ。邪魔《じゃま》しないで貰《もら》おう。

真冬ちゃんは数秒迷った後……ゆっくりと立ち上がり、部屋の隅から、自分の席へと戻《もど》ってきた。

「あめ、食べます。バレなきゃ、だーいじょーぶです！」

「おおーい！」

「真冬ちゃん……お主もなかなか、悪よのぅ、ひっひっひっひ」

「いえいえ、おにーさんには負けますですよ。……いっひっひっひ」

「なにこの駄目人間同盟！　精神年齢《ねんれい》下がっても、駄目人間は駄目人間なんだね！」

なんか会長が失礼な評価をしていたが、とにかく、物で釣ろうがどうしようが、仲良くなってしまえばこっちのものさ。

俺は真冬ちゃんに文字通り飴を与《あた》えつつ、会話に持ち込む。

「真冬ちゃんは、素直《すなお》な子だね」

「あむあむ。……はい！　しんせきのおばちゃんからも、よく言われます。『まふゆちゃんは、よくぼうにちゅーじつだねぇ』って！　いみはよく分からないですけど」

「うん、その意味は、十年後ぐらいにイヤというほど分かると思うよ」

「おにーさんも、『よくぼーにちゅーじつ』なのですか？」

「そうだね」

「じゃあ、なかまです！」

「うん、仲間だね！」

「えへへへへへ」

「げへへへへへ」

「わー、なんか最低ぇー」

「会長、さっきから五月蠅いですよ！　本に集中して下さい！」

「へいへい」

会長が本に視線を落とし、俺と真冬ちゃんに駄目人間としての絆《きずな》が再構築されたところで、初めて真冬ちゃんから俺に声をかけてきてくれた。

「おにーさん、おにーさん。おにーさんはなかまになったので、まふゆのことはこんご、『まふまふ』と呼んでいいですよ」

「あ……ああ、うん、ありがとう、ま、まふまふ」

正直「真冬ちゃん」の方が呼びやすいのだけれど。本人が満足げなので、しばらく「まふまふ」で付き合おう。仕方ない。

俺は改めて、世間話を切り出してみる。

「ま、まふまふは、今何が好きなのかな？」

BLやゲームに染まる前の真冬ちゃんはどうだったのか気になり、訊《たず》ねてみる。まふまふは飴《あめ》を頬張《ほおば》りながら、「んー」と可愛らしく悩んだ。そして……。

「ウルテ○マオンラインです！」

「既《すで》に隠《かく》しきれぬ残念な才能の片鱗《へんりん》！」

幼少の頃からネトゲに慣れ親しんでやがりました。そりゃこうもなるわな……。

「好きなハードは、セガサ○ーンかとおもいきや、じつはニンテ○ドー64です！　プ○ステには負けないでほしいです！」

「その年でそういうの答えられなくていいよ！」

「いちじきは、『デスクリ○ゾン』にもはまってました！」

「それはその年齢で経験すべきものでも、評価すべきものでもない気がする！」

「たんじょうびに、『せっかくだから、まふゆは、あのゲームをえらぶぜ！』って言って、
買ってもらいました！」

「なんか泣ける！　とにかく泣ける！」

それにしても恐《おそ》ろしい才能だった。……しかし俺はたまたま知っていたけど、このネタ、
色んな人を置き去りにしているのではなかろうか。

「しかしまふゆは、いまのさいせんたんゲームより、『サテ○ビュー』にこそ、かのうせ
いをかんじていたのですが――」

「うん、なんかもういいやその話。え、ええと、他に好きなものはないのかい？」

「ほかにですか？　うーん……」

どうやらこの頃《ころ》の彼女の趣味《しゅみ》は、完全にゲーム一本だったようだ――

「あ、そうです。さいきん、ドラマとかアニメでおとこのひとの『ゆーじょー』をみると、
むねが、ぽかぽかします」

「嫌《いや》な才能の片鱗を、綾波《あやなみ》○イ的表現で見せつけてきやがった！」

「これはなんなんでしょうね、おにーさん」

「それは俺に訊《き》かないで！」

「この温かいきもち……大事にしていこうと、まふゆは、思います！」

「う、うん、そうだね……」

それは大事にしないでくれと叫《さけ》んでやりたかったが、残念ながら、俺は過去の世界に来ているわけじゃあない。ここで幼少真冬ちゃんを説得したところで、催眠《さいみん》を解けばなんの意味もないのだ。

「まふゆ、おにーさんみたいなカッコイイ人の『ゆーじょー』が、とても見たいです！」

「……そうかい」

なんだろう、この、邪神《じゃしん》の誕生をただ見守ることしか出来なかった勇者みたいな気持ち。なんか涙《なみだ》出そうだよ。

俺が切なげに宙を見ていると、まふまふはいつの間にか持ち出したルーズリーフに、ペンでなにやら書き始めてしまった。覗《のぞ》き込んでみると……俺らしき男と、もう一人の……少なくとも女性ではない人物が、妙《みょう》に密着した絵を一生懸命《いっしょうけんめい》描《えが》いている。

「…………」

目から一筋の水滴《すいてき》が流れる中、折角まふまふがお絵かきに夢中になってくれたので、何かをぐっと飲み込んで、ちづちゃんの対応へと向かう。

俺がちづちゃんの方へと向き直ると、彼女は、まだパソコンをカタカタ……心が子供とは思えない速度でタイプしていた。

「ち、ちづちゃん、なにしてるの？」

俺が訊ねると、ちづちゃんは「えへへー」と、いつものクールな表情とは真逆の、無邪《むじゃ》気《き》な笑顔を覗かせてきた。……やべぇ、ちづちゃん、椎名姉妹よりも更《さら》に普段《ふだん》とのギャップが大きい分、こう、笑顔が本気で胸にきゅんと来る！　これは萌《も》える！

「あのね、今ね、ちづちづね、キーにーちゃんの口座の『よきんざんだか』をね、高くかきかえようとしてたの！」

「うん、今すぐやめようねー。俺、普通《ふつう》に捕《つか》まるからねー」

理性が弱い分、やっていることはより邪悪《じゃあく》でした。ちづちゃん……悪魔《あくま》の子すぎる。

ちづちゃんは俺に窘《たしな》められ、少ししゅんとしてしまった。

「でもね、でもね、キーにーちゃん……」

「ちづちゃん？　どんな理由があっても、犯罪に手を染めるのはいけないことなん――」

「……うん。そうだよね。ネットいじっているうちに、いくらキーにーちゃんの財産どころか『ぞうき』全部が『たんぽ』にとられちゃっても、はんざいは、ダメだよね」

「うん、たまには法を犯《おか》すのも、いいんじゃないかな」

「こーらこらこらこら！」

会長に思いっきりツッコまれてしまった。しかし流石《さすが》に今回は俺も食い下がる！

「だ、だって会長！　このままじゃ俺、怖《こわ》いおにーさん達に連れていかれて、一生帰ってこれないんですよ！　こうなったら、やるっきゃないですよ！」

「やるなら杉崎一人でやりなさいよ！　知弦を巻き込まないで！」

「いやいやいやいや、むしろ巻き込まれたの俺なんですがっ！　そもそも借金背負ったの、ちづちゃんのせいなんですがっ！」

「子供のお茶目ぐらい、許してあげなよ！」

「お茶目⁉　このレベルの被害《ひがい》を、お茶目で済ませるんですか⁉」

俺と会長の間に火花が散る。そんな俺達の様子に、オロオロとしていたちづちゃんが遂《つい》にぐずり始めてしまう。

「うぅ……ごめんなさい……。ちづちづが……かってなことしたから……おねーちゃんとおにーちゃん、ケンカして……ぐす……うぇ」

普段は大人な知弦さんが容姿はそのまま嗚咽《おえつ》を漏《も》らして泣き出しているその光景は、実にそそる——じゃなくて、俺達の罪悪感を煽《あお》った。会長と二人、慌《あわ》てて彼女を宥《なだ》める。

「ち、知弦……じゃなくて、ちづちゃん？　私と杉崎は、全然、ケンカしてないよー？」

「そうだよ、ちづちゃん。ほら、俺と会長、凄《すご》く仲良し」

俺達は握手《あくしゅ》をしながらニコッと微笑《ほほえ》む。ちづちゃんは目元をこすりながら「ホント？」と首を傾《かし》げた。

「ホントホント。俺、会長大好きだし」

「うん、私も、杉崎と仲良しだからこそ、ついケンカしちゃうんだよ？」

そう言いながら、ちょっとわざとらしいかとも思ったが、二人で顔を見合わせて『ねー』と仲良しアピールをする。ここまですれば、ちづちゃんも安心——

「…………」

した様子では、なかった。なぜか、今度はムスッと不機嫌《ふきげん》そうだ。

「ち、ちづちゃん？」

「……ちづちづとキーにーちゃんも、なかよしさんだもん！」

そう強く叫んだかと思うと、椅子《いす》から立ち上がりぐるりと俺の方に来て、そのままの勢いで……。

「のわ⁉」

俺に、抱《だ》きついてきた。その様子たるや、エリスちゃんのそれにかなり似ているが、しかし決定的に違《ちが》うのは——

「ち、知弦⁉　ちょ、ちょっと！」

俺どころか、会長まで焦《あせ》る。なぜなら……心が子供と言えど、体は立派に大人。エリスちゃんなら俺の腰《こし》にきゅーと抱きつく程度だが、知弦さんとなると……抱きつくというより、その豊満な胸に俺の方が埋《う》もれていた。

いつもならこういう時は怒濤《どとう》の如《ごと》く怒《おこ》る会長だが、しかし、相手が無邪気な子供である分一概《いちがい》に怒ることも出来ないようで、ただただ戸惑《とまど》っている様子だ。

そして俺はと言えば……。

「(うん、このままだと確実に窒息《ちっそく》するな。子供なだけに、力の配分一切《いっさい》無しで抱きしめてきてるし。全然気付いてくれないし。ああ、俺、ここで死ぬんだ。だが……だがしかし！　童貞こそ捨てられなかったが……この感触《かんしょく》、この体温、このボリューム！　我が生涯《しょうがい》に……一片の悔《く》い無し！)」

そんなわけで、生徒会の一存〜杉崎鍵編〜はこれにて終了《しゅうりょう》、ここから先は他の語り部による物語をお楽しみ下さ——

「そして、ちづちづと、くりむおねーちゃんもなかよしさん！」

「ええ!?　ちょ、ちづ——ぐむ」

「…………」

……残念ながら、生還《せいかん》してしまった。いや、生還は残念じゃないハズだ。残念じゃない

ハズなんだが……。

「むにゅ、ち、ちづ、息、息が」

「うにゅー、くりむおねーちゃんも、好きー」

「きゅぅ」

「…………」

次は会長に笑顔で抱きつくちづちゃんを見る。……うん、まあ、分かってたけどね。無邪気さんだもんね。俺だけ愛してくれてるわけじゃ、当然ないよね。まあ、いんだけどさ。いいんだけどさ……。

さて、いつまでもムクれていても仕方ない。俺は会長を窒息死《ちっそくし》前に助け出すと、ちづちゃんを落ち着かせ、元の席に座《すわ》らせ、改めて話をすることにした。

ちなみに会長はといえば、助けるのが若干遅《じゃっかんおく》れたせいかすっかり「ちづちゃんの谷間の闇恐怖症《やみきょうふしょう》」を発病しており、俺が何も言わずとも、精神を元に戻《もど》す方法の研究に真剣《しんけん》に取り組み始めていた。

それを横目に、俺はちづちゃんに話しかける。

「ちづちゃんは、普段、なにで遊んでいるの？」

ここぞとばかりに質問した。なにせ、秘密に満ちた知弦さんの幼少期の生活を知るチャンスだ。色々訊《たず》ねてみたいじゃないか。

ちづちゃんは「なにで？」と繰《く》り返《かえ》すと、しばし悩《なや》み、返してきた。

「んー……ヒトで？」

「背筋のゾッとする回答、ありがとう」

無邪気そうなちづちゃんに、知弦さんの片鱗《へんりん》を見ました。

「あのね、ごきんじょのお金持ちさんの、田中《たなか》さんのかてー内に、『お兄さんのお嫁《よめ》さんは、けんしんてきに義父のおせわをすることで、財産をねらっているらしい』とか『妹のみえこさんは、自分の息子《むすこ》のダイチにこそ、会社をつがせようと、かくさくしているらしい』とか、まったく根も葉もないウワサを流して、様子を見守るのが、ちづちづの、最近のごらく」

「最悪だね！　そ、そんなことしちゃ駄目《だめ》だよ、ちづちゃん！」

「でもでも、その家のおじーさんも協力してくれるよ？　『ちづちゃんのおかげで、死ぬ前に、うちの『うみ』が出せそうだ』って、ほめてくれたの！」

「その年齢《ねんれい》でそんなドロドロしたものに関《かか》わっちゃいけません！」

とはいえ、その後も関わりまくったのだろう。今の知弦さんを見れば、それは一目瞭然《いちもくりょうぜん》だ。

「ほ、他に、なんか、健全な遊びはしてないのかい？」

「けんぜん？　んとね……あ、お人形さん遊び？　それは確かにちづちゃんらしくなく、健全——」

「お人形さんをかわりに使って、けいかくを練る」

「なんの!?」

「年上のおにーちゃんを手玉にとるのも、おもしろいよね」

「それは俺に言って良かったのかい!?」

「あ、アニメも見るよ！　アンパ○マンとか」

「おお、ちづちゃんらしくない子供らしさ！」

「うん、ア○パンマンが自分のかおをもぎり取るシーンを、つなぎ合わせて、見てる」

「隠《かく》しきれないドSの歪《ゆが》み！」

「他のテレビも見てるよ！　かぞく皆《みんな》で、わいわい、見てるー！」

「おお、それは意外に健全——」

「田中さんの家の様子が分かるテレビを、わいわい、見てるのー！」

「それは盗撮《とうさつ》映像だよねぇ!?　え、紅葉《あかば》家家族ぐるみの犯行!?」

「ちがうよ、キーにーちゃん。田中さんの家は、みはってないと、いつはんざいがおこってもおかしくないから、おじーちゃんにたのまれて、うちが見てるの」

「な、なーんだ、それなら安心——じゃないよ！　そもそも田中さんの家を不穏《ふおん》な空気にしたの、ちづちゃんだよねぇ⁉」

「てへり」

「可愛いから全て許そう！」

「杉崎だけは裁判員に選ばれちゃいけないと思う」

会長が妙《みょう》に大人びたツッコミを入れてきていたが、相変わらず無視。

ちづちゃんは「ねーねー」と、今度は俺に質問を投げかけてくる。

「キーにーちゃんは、いつもなにして遊んでいるの？」

「なにして？　そうだなぁ……エロ……じゃなくて、ゲーム、かな？」

「ゲーム……ああ、よくぼーにまみれた人と人とが、おたがいにちりゃくの限りをつくして、だまし合い、うばい合うヤツだよね！」

「うん、ちづちゃんにとっての『ゲーム』の定義おかしいから！　俺の言うゲームは、そんなラ○アーゲームみたいな物騒《ぶっそう》なものじゃないよ！」

「ちがうの？　じゃあ、ネットで流れを見ながら、安い時にたくさん買い叩《たた》いて、高い時にたくさん売ったらお金が一杯《いっぱい》もらえる、あの、かんたんでつまらないヤツとか？」

「ゲーム感覚で株やっちゃ駄目だよ！　そういうのじゃなくて、俺のはもっとこう、普通《ふつう》のゲームだよ！　勝っても負けても、利益とか損害とか出ないやつ！」

「え、そんなこと、世の中にあるの？」

「ちづちゃん、どういう世界で生きてんだよ！」

なんかもう、紅葉家が心配すぎた。まあ……本人がそこまで不幸そうではないのが、唯《ゆい》一《いっ》の救いだが……。いや、ある意味それこそ、救いようがないのかもしれないが。

「ちづちゃん、友達と遊んだりはしないの？」

「え？…………」

俺の軽い質問に、ちづちゃんは唐突《とうとつ》に押《お》し黙《だま》ってしまった。……しまった。なんか触《ふ》れちゃいけない部分だったろうか。

「ちづちづ、お友達、あんまりいないの……」

「あ、ごめん……。で、でも、ちづちゃんなら、きっといい友達が出来──」

ふと宮代奏《みやしろかなで》の件を思い出し、思わず軌道《きどう》修正。

「出来──たと思いきや、罠《わな》かも知れないけど、うん、大丈夫《だいじょうぶ》！」

「なにが⁉　え⁉　キーにーちゃん⁉」

ちづちゃんがめっちゃ不安そうになってしまった。俺は視線を逸《そ》らしながら彼女を励《はげ》ます。

「だ、大丈夫さ。ちづちゃんにはきっといい友達が……高校生ぐらいになったら、たくさん出来るさ！」

「こーこー!?　え!?　ちづちづ、それまではお友達出来ないの!?」

「そ、そんなことないよ。ちづちゃんだったら、きっと普通にしていれば自然に――」

「あ、今日は帰ったら田中さんのかてーほーかいの様子を見よーっと。……うふふふ」

「友達は、出来ないかもしれないね」

「ええー!?」

ちづちゃんがショックを受けてしまっていた。うん……ごめん、ちづちゃん。それに関しては正直、完全に自業自得なんじゃないかと思うんだ。まあ実際、このちづちゃんを励ましたところで、実際の知弦さんの過去に友達が増えるわけでもなし――

「……しゅん」

「…………」

とはいえ、流石《さすが》に女の子を落ち込ませたままでは気分が悪い。

「ちづちゃん、ちづちゃん。おにーちゃんは、ほら、ちゃんとちづちゃんの友達だから。元気出して？　な？」

「うん……。ありがとう。ちづちづ、キーにーちゃん、大好き。特に、不幸そうなところが、好み」

「最後の一言は確実にいらなかったけど、ありがとう。俺もちづちゃん、大好きだよ」

「え、ロリコンなの？」

「相変わらず人の厚意を踏《ふ》みにじるねぇ、キミは」

知弦さんにそっくりだよ。知弦さんだけど。

ちづちゃんは少しだけ笑った後……しかし再び、なぜか俯《うつむ》いてしまった。

「？　ちづちゃん、どうしたの？」

「うん……キーにーちゃん、大好き……」

「あ、う、うん。そう何度も言われると照れるな……」

「ううん。ちがうの。ちづちづ、キーにーちゃん、大好きなの」

「？　あ、うん、だから、ありがとう。俺もちづちゃんのこと好きだよ」

「ちがうの。……なんか、ちがうの。ちづちづは、キーにーちゃん大好きだけど……ちづちじゃないちづちづが、ホントは、もっともっと、キーにーちゃんが好きなの」

「？　ちづちゃん？」

おかしい。なんかちづちゃんの言っていることが支離《しり》滅裂《めつれつ》だ。いや、子供だからそういうこともあるんだろうけど、でも、少なくともちづちゃんはそういうタイプでは……。

俺が戸惑《とまど》っていると、ちづちゃんだけでなく、椎名姉妹《しまい》もまた元気をなくしていた。

「みなっちゃん？　真冬ちゃん？　どうした？」

「うん……なんか、あたし、眠《ねむ》い……」

「まふゆ……おえかきじゃなくて……もっとすきなこと……あったような……」

「お、おい？」

ちづちゃんも含《ふく》め、三人ともなんだかとろんとした瞳《ひとみ》をしていた。異変に気付いた会長が、本を閉じてこちらを見る。

「杉崎っ、これもしかして、催眠術《さいみんじゅつ》解けそうなんじゃない!?」

「え、会長なんかしたんですか？」

「ふぇ？　いや、何も……し、した！　こう、私が『まどろみたまへー』と唱えることによって、みんなをウトウトさせたのだぁー！」

「なんですかそのラリ○ーマみたいな効果の呪文《じゅもん》。どうせなにもしてないんですよね？」

「そ、そんなことより！　ほら、みんなが、本格的に眠そうだよ！」

言われて見てみると、確かに、三人は頭をフラフラさせていた。今にも机に突《つ》っ伏《ぷ》しそうな状態である。その異様さは、確かに『まどろみから覚めるためのまどろみ』といった印象で……これは、本当に催眠術が解けそうなのかもしれない。なにがキッカケなのか、全く分からないけど。とにかく、これで一件落着——

「あたし……お嫁さんになって……それで……まふゆとおかーさんと……それで……」

「えへへ……おにーさん……こんど……いっしょにゲーム……」

「キーにーちゃん……ちづちづ……友達……できる……がんばる……」

……………。

「杉崎？　どうしたの？」

「あ、いや。……催眠、解けちゃうんです……かね」

「解けちゃう？　もう、杉崎！　いくら子供状態が可愛いからって、いい加減に——」

「いや、そういうことじゃなくて。なんか……」

うとうとしながらも、なんだかそれでも笑顔の三人を見る。会長もそれを眺《なが》め、そして、少しだけしんみりした様子で答えてきた。

「仕方ないよ……。解き方は分からなかったけど、本読んでたら、中途半端《ちゅうとはんぱ》な催眠って、ちょっとしたキッカケで解けちゃうって書いてあったし……。子供の状態の方が、変なわけだし……」

そう言いながらも、皆の顔を見て、会長もまたちょっと複雑そうにしていた。

俺だって当然、いつもの三人が好きだ。戻《もど》って欲しいとも思っている。だけど……それは本当に、幸せなことなんだろうか。子供のままでいることがいけないことで、大人になることが、本当に正解なのだろうか。三人の今日の振《ふ》る舞《ま》い、そして笑顔を見ていると、なんとなく、そんなことを考えてしまって。

そして、なにより俺自身、子供状態の三人とお別れなのが、妙に、寂《さび》しくて。

『…………』

だけど、そんな俺達の気持ちには関係無く……気付けば三人は、机に突っ伏して、意識を失っていた。

「……寝《ね》ちゃった？」

会長が呟《つぶや》きつつ立ち上がり、それぞれの肩《かた》を恐《おそ》る恐る突いていく。すると……。

『ん……？』

全員が目をこすりながら起き上がり、戸惑った様子で周囲をきょろきょろ見渡《みわた》し始めた。

「あれ？　あたし、寝てたのか？　会議中に？　おっかしいなぁ……」

「真冬も寝てたみたいです。うーん、昨日ゲームしすぎたでしょうか……」

「私まで寝るなんて。そんなハズないのだけれど……おかしいわ、寝る前何してたのかも、よく思い出せないわ」

「うわーん！　皆ぁー！　も、元に戻って良かったよぅ―――！」

「きゃ、アカちゃん？　どうしたのよ、急に抱《だ》きついたりして」

皆が元に戻って生徒会室にいつもの……いつも通りの活気が戻ってくるのを、俺はなんだか寂しいような嬉《うれ》しいような、どっちも両立した複雑な気持ちで見守る。

そっか……皆、何も覚えてないんだな……。みなっちゃん、まふまふ、ちづちゃん……彼女達は、もう、ここにはいないんだな――と黄昏《たそが》れていたら、唐突に、隣《となり》から頭を小突《こづ》かれた。

「んなことより、おい、鍵！　腕相撲《うでずもう》でもしようぜ！」

「ふぇ？」

「なんか知らんけど、会長さんが今日の会議は終了《しゅうりょう》だってよ！　だから、余った時間、あっそうぼうぜ！」

「あ……」

ニカッと笑う深夏に、みなっちゃんを見る。ぽかんとしていると、今度は真冬ちゃんが俺に声をかけてきた。

「あ、先輩《せんぱい》！　それ貰《もら》っていいですか？」

「え？　なに？」

「それです、それ！　そのサイダー味の飴《あめ》です！　真冬、昔から好きなんですよ」

「あ……。……うん、いいよ。小さくなったところを噛《か》んだら、二度美味《おい》しいよね」

「そうなんです！」

俺は真冬ちゃんに飴を放る。すると彼女はそれを受け取ろうとして頭でワンバウンドさせた後、机の上に落ちたそれを拾って開封《かいふう》、美味《おい》しそうに頬張《ほおば》っていた。…………。

俺がなんだかじっくり真冬ちゃんを見てしまっていると、ふと、目の前の席からツンツンと手を突かれた。何かと思ったら、知弦さんが、なんだかちょっと厳しい顔をしていた。

「キー君、私にも飴、くれないかしら？」

「え、あ、はい、いいですけど……知弦さん、この飴そんなに好きじゃなかったんじゃ……」

「い、いいのよ。ほら、早くちょうだい、キー君」

「え、ええ……」

知弦さんは俺の手からひったくるように飴を取ると、しかし、別に食べるでもなく、なんだか嬉しそうに手の平で弄《もてあそ》んでいた。

「……………。」

「なによ杉崎、ニヤニヤして」

俺が三人の様子を見て思わず微笑《ほほえ》んでいると、自分の席に戻ってきた会長に気持ち悪がられてしまった。しかし俺は微笑んだまま、彼女に返す。

「いや……みなっちゃんもまふまふもちづちゃんも……ちゃんといるんだなぁって、思いまして」

「はぁ？　皆《みんな》、元に戻ってるじゃない。一件落着だよ、うんうん」

「そうですね。そうなんですよね。皆……最初っから、みなっちゃんで、まふまふで、ちづちゃんだったたんですよね」

「……杉崎、私の話聞いてる？　なんか変な催眠でもかかったの？」

「いーえ、なんでもないです。…………へへ」

「……えい！」

「いてっ！　な、なんですか！　何もしてないのに、なんで今スネ蹴《け》ったんですかっ⁉」

「なんでもないよ。私が、理由無くキレる若者だっただけだよ」

「タチ悪っ！　自覚しているのが、なおタチ悪っ！」

「うるさいなぁ！　とーにかーく！　な、なんか皆に温かい目するの禁止！」

「なんですかその驚《おどろ》きの禁止事項《じこう》！」

「いいの！」

「お、なになに、どうした、なに揉《も》めてんだ？」

「真冬読書中なので、あんまり五月蠅《うるさ》くしないで下さいです」

「こらこら、アカちゃん、キー君、仲良くしなきゃ駄目《だめ》よ？」

　そうして、また、いつもの生徒会が、動き出す。

　いつもの……だけど、確かな過去に裏打ちされた、今の、今だからこその、生徒会が。

　…………

《プルルルルルル》

「あ、はい、もしもし」

『よぉ、にーちゃん。払《はら》うもん払えねーなら、こっちにもこっちのやり方っつう――』

「…………」

「ん？　キー君、ぶるぶる震《ふる》えて、どうしたの？」

………。

ちづちゃんがこのパソコンいじった過去に関してだけは、ぜひ消してくれませんでしょうか、神様。お願いですから。ホント、ホント、お願いしますからぁっ！

私立碧陽学園生徒会

Hekiyoh School student council

あとがき

どうも、葵《あおい》せきなの母の父の孫、葵せきなです。なんとか自己紹介に変化をつけようとして盛大《せいだい》に失敗している気がしますが、見なかったことにして頂《いただ》けると幸いです。

どうしてこんな毒にも薬にもならない駄文《だぶん》から始まっているかというと、一部の方はお察しの通り、今回あとがき長いです。九ページも貰《もら》ってます。ホント、どうしたものでしょうね。

ではまずいつも通り、今巻に触《ふ》れるとして。まずこれから読まれる方。今回は「生徒会の八方《はっぽう》」、つまり本編です。っていうことは、いつも通りです。プロローグやエピローグ、そして多少の番外編はありますけどね。……いや、番外編少し多めかな?

とにかく、もし貴方《あなた》が既《すで》に七光《ななひかり》まで楽しんでくれていたなら、安心してレジに持っていって貰《もら》っていいと思います。っていうか、七光までつまらなくても、折角なんでレジ持っていって下さいな。我《わ》が印税のために。我がゲーム代金のために。……おかしいな、薦《すす》めているはずなのに、どうも購買意欲を減退《げんたい》させている気がする。

さて、既に読まれた方。如何《いかが》でしたでしょうか。……ふむふむ、そうですかそうですか、そんなに面白かったですか。ほうほう、なるほど、いやはや、そんなに褒《ほ》められると照れますね。や、やめて下さいよぅ、そんなに持ち上げたって、何も出ないですよ。……ホントに？　ホントに有名な文学賞とれそうだと思ってるの？　いやこりゃまいったね、ははは。私ぐらいになると、やっぱ、普通《ふつう》に書いても、自然と名作になっちゃうんだろうね。まあ、キミもいい線いっていると思うよ？　なぁに、私と比べたらそりゃ落ち込んでしまうだろうけど、もっと肩の力を抜いて好きにやったらいいじゃな——

本当に申し訳ありませんでした。

ジョークにしたところで、ここ数行の文章のあまりの気持ち悪さに、私自身がギブアップしてしまいました。ところで、私はどうしてこう、あとがきで好感度を下げることしか出来ないのでしょう。そしてまたもや察しのいい方はお気づきの通り、完全なページ数稼《かせ》ぎです。現在脳味噌《のうみそ》空っぽでキーボードを叩《たた》いております。ホントすいません。

冗談《じょうだん》はさておき。読まれた方の反応が毎回勿論《もちろん》気になってはいるのですが、でも、さっきの調子乗った文章じゃないですが、基本、送り手ってそれぐらいの傲慢《ごうまん》さというか、勘《かん》違《ちが》いをしていた方が、むしろ健全に作品を書いていけるんじゃないかとも、多少思います。

……いやまあ、あのレベルの傲慢さは普通に引きますが。当然読者さん無視も違いますが。

そんなわけで、相変わらずブログやらなにやらで、感想、お待ちしております。


さて、他に話題と言ってもなぁ……アニメ化前なんかは、告知することも多かったんですが。今は特別告知しなきゃいけないことも、そんなに無いわけで。

そうそう、次の巻は、年内に出ると思います。いや、年末とかにはならないと思うんですが、あんまり明確に告知出来る段階でもないので、そんな感じで。まったり待って下されば幸いです。基本はいつも通りぐらいの刊行ペースで、出したいと思います。


では私の、誰も興味無い気がする近況でも。

毎回言ってますように、基本は相変わらず、ひきこもって、ゲームしてご飯食べて執筆して寝てますよ。出かけるのも、ちょろちょろ映画行ったりするぐらいで。

いつも思うんですが、私がひきこもりなのを差し引いても、世間の人は、普段何してるんですか？　特に一人暮らしの方。まあ仕事が仕事なので、職業柄ひきこもりが助長される（家で作業）とこもあるのですが。

どうも、ゲームは好きなんですが、それで一日終わったりするのは、よしと出来ないタイプでもありまして。でも他に予定が入りまくってゲームしたりダラダラ出来ないのも、イヤという。……ワガママすぎる。

あ、ただ、生徒会やっているから……という理由は二割ぐらいなんですが、最近は割と意識的に、色々なものに目を向けるようにはなっています。インドアはインドアなんですが。それこそブログで読者さんに薦められた、普段自分の嗜好《しこう》だけでは選ばないような、ゲームや漫画、ドラマなんかに手を出してみたり。

こういうの、当然嗜好外だからハズすことも多いんですが、当たると、すんごい嬉《うれ》しいです。やっぱり自分の知らなかった楽しい世界を知るって、得難《えがた》いものがありますね。

最近だと……うーん、海外ドラマを見直しているでしょうか。勿論《もちろん》昔からちょこちょこ見てはいましたが、最近また改めて、面白いと評判なのを見てみたり。あれのいいところは、二時間だけの映画とかと違って、一度ハマると二十四話（約二十四時間）とか、本当の意味で「どっぷり」その世界観に漬《つ》かれることです。まあ長いという短所でもあるかもなんですが。ＲＰＧが好きなのと同じで、楽しい世界には、飽きるまで居たい人間でして。お風呂《ふろ》は、のぼせるまで入っちゃうタイプというか。

そんなわけで、近頃は時間を持て余しているせいもあって、「長い」ものに惹《ひ》かれる傾向があります。ギュッと凝縮《ぎようしゆく》された三十分番組より、ダラダラした二時間番組が好きというか。いや、最高は、ギュッとしつつの長時間番組かもですが。

ラジオ聞きながらやテレビつけながら執筆作業しているので、あんまり内容ありすぎる番組じゃない方が良かったりもします。

とか言いつつ、本気で執筆に集中し出すと雑音が邪魔《じやま》になり、更に楽しそうな番組なのに頭に全く入らないので、録画したものとかは結局一時停止押して、二時間ぐらい画面止まったまま一心不乱に作業し、一段落ついたら、ようやく再生するっていうことも多いんですけどね。……本末転倒だ。

まあ、総合的に、相変わらずダラダラしてますよという話です。……さて困った。話題が無い。本当に無い。ここ数巻で一番、あとがき中に頭空っぽです。うーん。

未来の話でもしますか。近況じゃなくて、予定や抱負《ほうふ》、展望みたいな。

そうですね……そうそう、結構前から言っているのですが、引っ越しがしたいです。ブログでも散々言っているので別に明かして問題無いと思うんですが、私は今、神奈川《かながわ》に住んでまして。出身は北海道《ほっかいどう》ですけどね。

んで、どうして神奈川かというと、「小説家になるために裸一貫《はだかいっかん》で関東に出て来たぜ！」なんて熱い理由ではなくて、元々、単純にこっちの会社に就職したからでして。結局そこは辞《や》めてしまっているわけですが、こうなると、ここに住んでいる理由は全然無くてですね。

元々は仕事、そしてその後のコンビニバイト含め「職場に近い」という理由でここに住んでいるのですが。今となっては、富士《ふじ》見《み》書房までの距離とかを見ても、立地的には何もメリットはない部屋でして。部屋の作り自体は好きなんですが（少し広めのワンルーム）。出かけるには、不便。打ち合わせやら飲み会やらってのが大概《たいがい》東京の方なので、本当なら東京に住みたいわけで。

だから、引っ越したいんですが。面倒臭がりの優柔不断《ゆうじゅうふだん》なので、そんな感じのまま、一年とか経過しております。……面倒だよね、引っ越し。あと、東京家賃高すぎだよ……。

賃貸情報サイトで部屋を探しても……。

「ほー、こりゃいい部屋だなぁ……住まないけど。お、こっちの、家賃べらぼうに高い部屋すげー！　なにこれ！　そんな機能までついてんの？　ほえー。……よし、なんか住んでいるの妄想《もうそう》したら満足したから、いいや。おやすみなさい」

みたいなことに。いい部屋を見てるのって、楽しいですよね。それだけで満足しちゃうぐらいには。そうして私は結局、酒も飲めないのにこの飲み屋だらけの地域で……五階なのにエレベーターが無いのでいちいち階段を上る部屋に、住み続けるわけです。

あ、そうそう、部屋探すと、今ワンルームだけに「寝る場所と食う場所ぐらい別にしたいから……二部屋欲しいなぁ」とか思ってそういう部屋を探すのですが、どうも、自分が暮らしているところを想定すると、「いや、結局ワンルームで、手の届く範囲にパソコンもテレビも本もオーディオも寝る場所も食う場所も、全部あるぐらいが、丁度《ちょうど》いいのか」という気もしてきます。本格的にひきこもり脳です。

それでも、いいかげん今年こそは引っ越そうと思うのですが……皆さん、どうしたらいいでしょう。あまりに話題がなくて、いよいよ、読者さんにプライベートな相談を始めた私がお送りしております。もう完全にブログのノリだよ……商業誌でやることじゃないよ……。

おお、そうこうしている間に、大分埋《う》まりましたねページ。読者さんは「こんな文章にお金払ったのか俺……」と後悔《こうかい》しているかもしれませんが、そんなことは、知ったこっちゃありません。作家は自分本位なのです。自分の文章が最高に面白いと信じている生き物なのです。いやぁ、私のプライベート暴露《ばくろ》、極限《きょくげん》に面白いですね！　もうこれ単体で珠玉《しゅぎょく》のエッセイ、衝撃《しょうげき》のノンフィクションドキュメンタリーとして、単体で成り立っている域ではないでしょうか！　日本の住宅問題にまで踏《ふ》み込んでいるあたり、社会派ルポルタージュでさえ――

……なんか今回のあとがきは本気で申し訳ありませんでした。ホント、話題無いって、怖《こわ》いね！　そしてこんなどーでもいい文章に、既に二時間以上かけているって事実が、もっと恐《おそ》ろしいね！　世の中、無駄に満ちあふれているね！

そんな無駄に無駄を重ねた無駄話はさておき、今回も謝辞《しゃじ》。

表紙の構図で毎度私の心を撃《う》ち抜いてくれる狗神煌《いぬがみきら》さん。第二部、六巻以降のセクシータイプ構図に関しては、毎回担当さんに「カッコイイですね！」と反応を返してしまっています。エロいとか可愛《かわい》いとか美麗《びれい》とか、勿論そういう感想もあるのですが、私の中で一番大きな感情はやっぱり「カッコイイ」なんですよね。お世辞《せじ》じゃなくて、可愛い女の子のイラストでこう感じさせるのって、ホント凄《すご》いことだと思います。ありがとうございました。これからもよろしくお願い致《いた》します。

そして、特に去年のアニメ関連で動いていた時期から、本当に色々な側面で支えて貰っている担当さん。連絡事項の量がハンパなく、毎日のように喋《しゃべ》るので、最早《もはや》ある意味家族さえ超えた「戦友」の域です。冗談ではなく、生徒会シリーズの五割ぐらい、彼女のお陰《かげ》で出来ていると思います。いつもありがとうございます。基本憎《にく》まれ口ばかり叩きますが、ツンデレなんで、本当のところは心から感謝しておりますよ。多分(笑)。

その他、生徒会関連のプロジェクトに携《たずさ》わっている、様々な方面の沢山《たくさん》の関係者の方々。本当にありがとうございます。主軸《しゅじく》を書いている私が、こんなちゃらんぽらんで申し訳ありません。が、頑張ります！

そしてなにより、いよいよ八巻まで付き合って頂いている読者様。卒業式はもうすぐです。よろしければ、どうぞ、もう少しだけ生徒会に付き合ってやって下さい。

それではまた、次の巻で！

葵　せきな

富士見ファンタジア文庫

生徒会《せいとかい》の八方《はつぽう》

碧陽学園生徒会議事録８

平成22年６月25日　初版発行

著者――葵《あおい》せきな

発行者――山下直久

発行所――富士見書房
〒102-8144
東京都千代田区富士見1-12-14
http://www.fujimishobo.co.jp
電話　営業　03(3238)8702
　　　編集　03(3238)8585

印刷所――暁印刷
製本所――BBC

ISBN978-4-8291-3529-7 C0193